어쩌면   행복일지도

왕고래 에세이

어쩌면   행복일지도

해피북스
투유

2장 안도하는 일상

내 베개 밑에는 불행이 있다

꿈을 꿨다. 사방이 막힌 원형 탑의 내부 계단을 허겁지겁 뛰어 내려가고 있다. 어디서 발하는지 알 수 없는 빛이 발 아래 계단의 윤곽만 희미하게 비춘다. 걸음걸음이 성기고 급하다. 곧 넘어질 것 같지만 멈출 순 없다. 무언가 등에 닿을 듯 쫓아오고 있다.

탑의 1층에 도달했다. 그곳은 아무것도 없는 모래 바닥이다. 나는 더 이상 달아날 수 없어 뒤를 보았다. 고개를 채 다 돌리기 전에 무언가 쏟아지듯 달려든다. 꿈에서 깨어났다.

깨어나니 또 다른 꿈이다. 어딘가로 떨어지고 있다.

버둥거리다가 이내 바닥과 충돌하는 충격을 느끼며 깨어난다. 다음 꿈에선 가진 짐을 모두 잃고 역무원에게 애원을 하고 있다. 불이 꺼진, 인적이 느껴지지 않는 역이다. 잃어버린 게 무엇인지 모르겠다. 다만 그것은 모든 것이었다.

꿈에서 깨어났다. 새벽이었다. 방금 전까지의 모든 일들이 마치 실제로 일어난 듯 긴 감정으로 이어졌다. 어두운 천장을 조용히 바라봤다. 문득, 불행하다는 생각이 들었다. 일상을 잘 흘려보낼 수 없을 만큼.

내 베개 밑에는 불행이 있다. 집 밖에서 양손 가득 모은 그것들을 베개 아래 깊고 아득한 협곡으로 떨군다. 분명 손을 탁탁 털었더랬다.

더 이상 내 것이 아닐 것 같았던, 그곳의 불행들이 겹겹의 꿈으로 몰려왔던 날 이 글은 시작되었다.

오늘도 행복을 얻기 위해 애쓴다

행복으로부터 멀어지는 듯한 순간이 있다.

저 앞의 나보다 더 즐거워 보이는 사람들에게서, 그중

누군가의 성공담에서, 영롱하게 빛나는 SNS의 피드에서. 그렇게 앞다퉈 행복에 다가서는 장면들을 보다가 문득 이런 생각이 든다.

"지금 나는 어느 정도 행복한 걸까?"

'행복'은 인류가 문명사회에 접어든 이래로 가장 오래된 화두이자 삶의 목표다. 누구나 행복한 삶을 꿈꾸고, 심지어 행복해 보이는 삶을 사는 이들조차 자신이 행복과 불행 중 어느 곳에 더 가까운지 끊임없이 확인하려고 한다.

기별 없이 다가오는 고난들은 그런 노력조차 흔들리게 만든다. 친구나 애인, 가족에게 닥친 문제들도 한몫을 한다. 심지어 TV를 통해 들려오는 자연재해나 사건 사고들도 내 삶을 우울하게 만드는 복병이다. 이런 크고 작은 장애물을 넘어 행복을—손에 잡히지 않는 이 신기루 같은 녀석을—조금이라도 옆에 두기 위해 오늘도 애쓰고 있다.

과연 행복을 추구하는 게 실제로 행복을 얻는 데 도움이 되는 걸까. 여기 조금은 다른 이야기가 있다.

이 책은 행복의 민낯에 대한 이야기다

고통을 숨기고 다가서는 내일, 덧없이 사라진 어제, 그 사이에서 애쓰는 당신에게 고백한다. 사실 나도 그렇다고. 오늘도 불행했다고. 그것들을 베개 밑에 숨겨두고 어딘가에 있을 행복을 좇았다고.

동시에 행복이라는 심사관의 민낯을 파헤친다. 그에게 인정받기 위해 달리던 길목에서 재가 된 오늘을 건져올릴 것이다. 그리고 그것이 땔감으로 쓰이지 않도록, 내 일상에 차곡 쌓이는 실체적 행복 그리고 편안한 불행을 찾아낸다.

만약 나만 행복에서 멀어지는 것 같다면, 이제야 밥값을 하는데 어쩐지 모를 헛헛함이 당황스럽다면, 괜찮다는 말보다 실질적인 해결책을 찾고 싶다면 이 책에 그 단서가 있을지도 모른다.

행복하지 않았던 당신의 오늘이 더 이상 불편하지 않기를 바란다.

◆

희미한 행복,
선명한 불행

행복은 함정카드다

동훈　행복하게 살 수 있어. 행복할 거야. 행복할게.

지안　아저씨가 정말로 행복했으면 했어요.

동훈　어, 행복할게.

_ 〈나의 아저씨〉 중에서

최근 심리학 연구에 따르면 행복해지는 길은 아이러니하
게도 '행복에 대해 집중하지 않는 데 있다'고 한다. '행복
이 삶의 열쇠'라고 말하는 듯한 사회적 분위기에 함정이
있다는 것. 이런 분위기는 내가 스스로 행복하다고 느낄
때는 긍정적인 영향을 미치지만 그렇지 않을 때는 오히려

실패감을 증가시킨다.

　심지어 행복만을 좇다 보면 오히려 내 선택에 잠재된 위험을 간과할 수도 있다고 한다. 단순하고 틀에 박힌 기준을 갖게 되어 사소한 거짓조차 알아채지 못하는 것이다. 행복을 향해 팔을 뻗느라 몸이 가시덩굴로 들어가는 셈이다. 이 행복이라는 녀석, 함정카드의 냄새가 난다. 엉큼하기 그지없다.

　이처럼 행복이 가진 함정을 파헤친 두 개의 연구 결과를 소개한다. 이 연구들은 '행복해져야 한다는 압박감으로 오히려 불행해질 수 있다'는 가정을 세웠는데, 행복이라는 절대반지에 도전했다는 점에서 꽤나 흥미롭다. 연구 방법이 다소 복잡한 편이어서 최대한 쉽게 풀어 쓰려고 영혼을 갈아 넣었다. (덕분에 행복하지 않았어…….)

　자, 이제 눈을 크게 뜰 시간. 과연 연구자들은 이 여정의 끝에서 어떤 결과를 얻게 되었을까?

행복을 추구하면 외로워진다?

사회심리학자 아이리스 마우스Iris Mauss는 다소 이상한 현상을 목격했다. 그것은 행복을 중시하는 사람들이 오히려 외롭다고 느끼는 경우가 많다는 것이었다. 외로움은 우울증과의 상관관계가 높기에 이러한 경향성은 그들의 일상에도 부정적인 영향을 미치고 있었다. 그는 행복의 추구가 불행으로 이어지는 이 역설적인 현상을 밝히기 위해 한 실험을 진행했다.

그 설계 방법으로 미루어 봤을 때, '마우스'라는 학자는 이 연구를 통해 뭔가 알아내고자 하는 의지가 대단했던 것으로 보인다. 그는 두 번에 걸쳐 실험을 진행했는데, 첫 번째 실험에서는 피험자들에게 14일 동안 일기를 쓰게 했고, 두 번째 실험에서는 신문 기사 일독과 30분간의 영화 감상까지 시켰다. 심지어 그들의 침까지 채취했다! (그 이유는 잠시 후에.) 그만큼 마우스는 자신이 목격했던 현상에 대한 확신이 있었다.

첫 번째 연구에서, 그는 행복을 중시하는 태도가 일상에서의 외로움과 어떤 관련이 있는지 알고자 했다. 그래서 먼저 사전 설문을 통해 피험자 각 개인이 행복을 얼마나 추구하는지 미리 파악했고, 이어서 그들에게 14일간 일기를 쓰도록 했다. 만약 당신이 일기를 써보지 않았다면 이런 요청을 받았을 때 그날 일어났던 일들을 시간 순으로 나열하게 될 확률이 높다. 이를테면 '오늘 날씨는 맑았다. 회사에 갔다. 박 부장이 대뜸 화를 냈다. 집에 와서 밥 먹고 씻고 잤다' 하는 식이다.

그래서 마우스는 연구의 목적에 맞는 작성법을 요청했다. 그날의 감정에 대해, 특히 가장 스트레스를 받았던 사건에 대해 집중해서 쓰도록 한 것이다. 예컨대 '오늘 박부장이 별안간 고함을 쳤는데, 알고 봤더니 고작 그 이유가……'라는 사건을 시작으로 당시의 감정을 자세히 적는다. 일기를 다 쓴 후에는 그로 인해 느낀 외로움을 수치로 기록하도록 했다.

그 결과는 마우스의 예상과 맞아떨어졌다. 피험자들의 답변과 일기를 분석해 보니 행복을 중시하는 사람일수록 일상에서 겪는 문제로 인해 더 큰 외로움을 느끼고 있었다.

그는 이 현상을 좀 더 직접적으로 증명하기 위해 두 번째 연구를 속행했다. 실험 참가자들을 새로 모집한 후 임의의 두 그룹으로 나눴다. (편의상 A, B그룹이라고 하자.) 두 그룹에게 각각 서로 다른 신문 기사를 읽게 했는데, 이 중 A그룹의 사람들은 행복의 중요성을 강조하는 기사를 읽었고, 그 내용은 대략 이랬다.

더 행복하다고 느끼는 사람일수록 직업과 대인관계, 건강, 만족감 등 모든 면에서 더 좋은 결과를 얻고 있다는 사실을 아십니까? 즉, 행복은 단순히 기분이 좋은 것 이상의 커다란 이점을 갖고 있습니다. 더 큰 행복감을 느낀다면 그만큼 더 성공하고, 건강하며, 인기까지 많아질 것입니다.

B그룹의 피험자들도 같은 포맷의 기사를 읽었는데, '행복'이라는 단어만 '정확한 판단'으로 교체되어 있었다. 예컨대 '정확한 판단을 할수록 더 성공하고 건강해진다'는 식이다.

다음으로 모든 피험자는 소속감과 친밀감을 중요하게 다루는 30분짜리 영화를 보았고, 영화가 끝난 후 '외로움', '타인과의 거리' 등을 측정하는 설문지에 답했다. 여기서 마우스는 이런 설문 답변만으로는 부족하다고 판단하여 이들의 침까지 채취했다. 침을 통해 '프로게스테론'이라는 호르몬 수치를 측정할 수 있는데, 이 호르몬이 친밀감과 관련이 있기 때문이었다. 그간 많은 심리학 연구를 봤는데 (특히나 2000년대 연구에서) 피험자의 침까지 채취하는 건 처음 보았다. 연구자의 집요함이 느껴지는 대목이다.

두 번째 연구 결과도 그의 가정대로였다. 행복을 강조

하는 기사를 읽은 사람들이 스스로를 더 외로운 존재라고 여긴 것이다. 그들의 프로게스테론 수치도 더 낮은 것으로 나타났다. 이는 (설문 결과뿐만 아니라) 생리적으로도 그들의 사회적 친밀도가 낮아졌음을 나타낸다.

놀라운 결과다. 행복을 강조하는 기사를 잠시 읽은 것만으로 외로움을 더 많이 느끼게 되었다니. 정신적인 측면뿐만 아니라 실제 호르몬 수치까지 감소한 것이다. 기사를 읽고 행복을 조금 더 추구하게 되었을 뿐인데 말이다.

행복은 실패를 용서하지 않는다?

우리는 일상에서 크고 작은 문제들을 만나고 그로 인한 많은 실패를 경험한다. 따라서 그 실패 경험, 즉 내 선택으로 인한 부정적 결과를 얼마나 잘 헤아리고 받아들이는지에 따라 일상의 평온함의 정도가 달라진다.

마우스가 밝혀낸 행복의 역설적인 효과를 계기로 많은 관련 연구가 진행되었는데, 그중 비교적 최근의 연구를 하나 더 살펴보자. 이 연구는 행복을 추구하는 태도가 자신의 실패 경험을 받아들이기 어렵게 만든다고 말한다.

실험 방법이 조금 재밌다. 앞의 연구처럼 개인적인 상

황(혼자 일기 쓰기, 영화 감상)이 아니라 사회적인 상황을 다뤘기 때문이다. 연구자는 실험 참가자를 두 그룹으로 나눈 후 (역시나 편의상 A, B로 하자.) 퀴즈를 풀도록 요청했다. 이 중 A그룹은 행복 관련 서적과 동기부여 포스터가 장식된 방에서 의욕 넘치는 동료와 함께 실험을 진행했다. —따지고 보면 이 방은 현 사회의 축소판이다. 행복이 중요하다고 말하는 분위기, 그리고 그것을 향해 아무 의심 없이 의욕적으로 나아가는 사람들. —반면에 B그룹은 아무런 장치가 없는 방에서 진행했다.

이 실험에는 비밀이 하나 있다. 퀴즈의 난이도가 굉장히 높다는 것이다. 참가자들이 문제를 푸는 과정에서 좌절을 겪도록 의도되었다. 연구자는 대부분의 문제를 틀려 실패를 경험한 참가자들이 이후에 자신의 실패를 얼마나 곱씹는지 분석했다.

그 결과, 행복을 강조하는 방에 있었던 A그룹의 참가자가 B그룹에 비해 당시의 부정적인 상황을 더 많이 떠올렸다. 단순히 행복이 중요하다는 상황적 맥락에 있었던 것만으로도 실패의 순간에 더 오래 머무는 차이가 발생한 것이다. 왜 이런 결과가 나타난 것일까.

그 이유가 다소 충격적이다. 추가 연구에 의하면*, 행복을 강조하는 분위기가—사람들을 행복하게 만드는 게

아니라—오히려 불안을 증가시킨다는 것이다. 내가 행복
하지 않게 되면 그 사회로부터 이탈될 거라고 여기기 때
문이다. 그래서 실패 경험, 즉 행복의 기준과 멀어 보이
는 이것은 그 사회의 존재로서 적합하지 않은 요소처럼
느껴지는 것이다. A그룹 참여자들이 더 오래 자신의 실
패를 곱씹은 이유다. 만약 행복을 지나치게 강조하는 마
을이 있다면, 그곳에는 행복한 사람보다 행복해 보이려는
사람들이 월등히 많을 것이다.

행알못이 행복하다?

행복하려고 노력했는데 오히려 행복과 멀어진다니, 심지
어 더 고립되고 외로운 상태가 된다니. 왜 이런 아이러니
가 발생하는 것일까.

---

* 연구자들은 추가 연구를 통해 '사회적 결속과 행복을 연관 짓는 태도'가 실패
경험에 어떤 영향을 미치는지 확인했다. 예를 들어 '나는 우울하거나 불안함을
느낄 때 그것이 사회적으로 용인된다고 생각한다'와 같은 질문을 통해 개인의
자연스러운 모습이 사회적으로 얼마나 받아들여진다고 여기는지 분석했다. 사
회적인 기대에 부응하기 위해 행복하게(불행하지 않게) 보이는 것이 중요하다고
느낄수록 부정적인 경험을 더 자주 떠올리는 경향이 있었다. 슬픈 상황에서도
반대로 행복을 표현하려 했으며 그로 인한 혼란을 겪었다.

행복을 느끼는 기준은 개인마다 다른데, 사회적으로 정의하는 행복과 그 조건은 꽤나 보편적이고 획일화되어 있기 때문이다. 반복적으로 이런 조건을 접하다 보면, 마치 그것만이 이 사회의 구성원으로 살아가기 위한 척도인 듯 여기게 된다.

함정은 여기에 있다. 실제 일상에서의 경험들이 그 조건에 미치지 못한다는 것. 심지어 누구나 행복할 것으로 예상되는 상황에서도 나는 별 감흥이 없을 수 있다. 하지만 이는 마치 사회로부터 이탈되는 것 같은 실망과 불안을 남긴다.

행복 자체는 좋은 것이 맞다. 다만 그것이 목적이 될 때 오히려 역효과가 나타난다. 행복은 쟁취하기 위해 노력하거나 마치 약속 시간에 오지 않는 친구처럼 애타게 기다려야 하는 대상이 아니라는 것이다.

오히려 우리가 인식하지 못할 정도로 자그마한 여러 행동들의 자연스러운 결과다. 일상에서 나에게 반복되는 사소한 순간들, 그 사이에 숨어있는 의미들의 합이며, 이는 하나의 기준으로 정의할 수 없다. 이런 것들이 행복의 실체라니. 차라리 행복에 대해 모르는 게 낫다고, 누군가는 말할 것이다.

그래, 어쩌면 행복의 비밀은 그것을 잘 모르는 데에 있을지도 모르겠다.

단짠단짠의 비밀

"균형."

"에?"

"일만 하면 지루해. 놀기만 하면 지루해."

"뭔 소리야."

"나한테는 이게 노는 거야. 노는 건 중요해.
균형이 없으면 어떻게 되는 줄 알아?"

"어떻게 되는데요?"

"넘어져."

"……."

"넘어지면 어떻게 되는 줄 알아?"

"아프겠죠!"

"맞혔어."

_ 〈멜로가 체질〉 대본집 중에서

초등학생이던 나는 월, 수, 금요일에 학원을 다녔다. 학원에 가는 날은 고통스러웠고, 가지 않는 화요일, 목요일은 반가웠다. 토요일은 특히 좋았다. 당일은 물론 다음 날까지 학원을 가지 않는 완벽한 하루이기 때문이었다. 일요일은 좀 모호했다. 토요일이 너무 좋은 나머지 미량의 긴장도 남기지 않고 몸과 마음을 풀어버려서다. 새로운 한 주가 월수금과 함께 다가오고 있다. 마냥 좋아했다가는 월요일의 내가 서운해할 것 같았다. 어쩌면 학원 가는 길이 더 고통스러워질지 모른다.

그러던 어느 날 정신을 차려보니 일요일을 제외한 모든 날에 학원을 가고 있었다. 왜 그런 무서운 일이 일어났는지 기억은 잘 안 나는데, 여하튼 화, 목요일이 더 이상 사막의 오아시스가 아니었다. 습관적으로 목을 축이려 하면 목덜미를 물어왔다. 아, 방심하는 사이 사냥을 당했구나. 좌절하며 땅에 박혀있던 발을 뽑았다. 학원으로 향했다.

바뀌지 않은 것도 있었다. 학원을 가는 날인데도 불구

하고 토요일이 가장 좋았다. 학원을 가지 않는데도 여전히 일요일은 모호했다. 다가올 일주일이 더 무겁게 느껴졌다. 일주일에 6일이나 학원에 가는 건 당시의 어린 나에겐 정말이지 고통스러운 일이었다. 뭐, 지금 해도 같겠지만.

고등학생으로 넘어가던 시기, 이런 방식의 일상이 나에게 효율적이지 않다는 생각이 들었다. 이제 자신의 생각을 조리 있게 말할 수 있는 나이가 됐다. 나는 부모님께 주 6일 학원을 다니는 비효율성에 대해 어필하기로 했다. 나에게 적합한 방식을 찾기 위해서!

"하⋯⋯ 학원 그만 다니고 싶어요⋯⋯."

머릿속에 세워두었던 계획과는 다른 짧은 말을 뱉어버렸지만, 그 말이야말로 나의 진심 아니었을까. 어쨌든 부모님께선 책임을 전제로 그 선택을 존중해 주셨다. 나는 모든 학원을 일상에서 지워버렸다. 한 번 가는 날도 없앴고 두 번 가는 날도 없앴다. 어떤 드라마의 대사처럼 '날이 좋아서 날이 좋지 않아서 날이 적당해서 모든 날이 좋은' 시간이 기다리고 있었다. 그럴 거라 생각했다.

한데 신기한 일이 벌어졌다. 학원이 없는 모든 시간이 눈부실 거라는 기대와 달리, 월요일은 학원에 가지 않음에도 예전의 화요일만큼 큰 기쁨을 주지 못했다. 애석하게도 그건 화요일도 마찬가지였다. 수, 목, 금요일도 물론이고, 그토록 특별했던 토요일조차 색이 바랜 듯 예전의 그것이 아니게 되었다. 시간이 흐를수록 모든 날이 일요일처럼 모호해졌다. 묘하다. 분명 일주일 내내 학원을 가지 않는데 오히려 덜 행복해지는 느낌이 들었다. 차라리 징검다리로 학원을 다니던 시절이 더 행복하게 느껴졌다.

지금은 '단짠단짠'이라는 용어로 설명할 수 있는 이 현상을 당시에 어렴풋이 알아챈 것 같다. 하나의 맛만 먹어야 한다면 단맛만큼 힘든 것도 없다는 것. 그 단맛이 질리지 않도록 돕는 건 짠맛이라는 사실.

나는 월수금에 학원을 다시 등록했고 그 괴상한 예측이 틀리지 않았다는 걸 확인했다. 반가운 화요일과 목요일, 완벽히 완벽한 토요일, 전보다 만족스러운 일주일! 놀랍게도 학원을 다시 다니는 선택은 전보다 나은 일상을 만들어줬다.

인생이 어떤 방향으로 흘러야 하는지는 몰랐지만 적어도 그 안에서 반복되는 일상을 더 행복하게 만드는 비법을 발견한 기분이었다. 적정량의 고통이 함께할 때 비로소 더 달달해진다는 것. 더 오랫동안, 더 안정적으로.

단맛과 짠맛의 의미

얼마 전 출근길에서 당시의 발견이 불현듯 떠올랐다. 나름 이성적인 성인으로 거듭나는 과정에서 어린 시절의 근거 없는 법칙을 잊고 살았다. 그런데 다시 천천히 생각해보니 이는 매우 의미 있는 발견이었다. 그리고 당시엔 정립하지 못했던 중요한 지점이 보였다.

바로 '짠맛'의 중요성이다. 이 현상의 핵심은 단맛의 최대 만족을 위해 짠맛을 그저 견뎌내는 게 아니다. 단짠단짠이라는 용어 그대로 짠맛도 맛이 있기 때문이다. 그렇다면 짠맛은 어떤 의미를 갖고 있는 것일까.

심리학의 개념을 빌리면, 단맛과 짠맛은 각각 '주관적 안녕감'과 '자아실현적 안녕감'으로 정의할 수 있다.

여기서 '주관적 안녕감Subjective well-being: SWB'은 즉시 얻을 수 있는 만족이나 즐거움에 닿아있다. 예컨대 맛있는 음식을 먹고 걱정 없이 휴식을 취할 때 느끼는 감정이다. 상사의 꼬장을 받아낸 하루 끝의 저녁, 낯빛만 봐도 마음을 알아채는 친구와의 시간으로 기분이 다시 좋아진다면 이 안녕감이 회복되는 셈이다. 사랑하는 이와 따스한 오후 햇살을 받으며 단잠을 청하는 것, 한겨울 칼바람을 헤치고 들어와 뜨끈한 탕에 몸을 녹이는 것, 불현듯 떠나는 여행, 기대했던 영화를 보는 시간도 역시 모두 주관적 안녕감에 해당한다. 일반적으로 얘기하는 '행복'이라는 표현의 대부분은 이에 해당한다고 볼 수 있다.

한편 '자아실현적 안녕감Psychological well-being: PWB'은 삶의 의미와 더불어 자기실현이 확장되는 것을 의미한다. 자율성, 개인적 성장, 자기 수용, 삶의 목표 등 좀 더 인생 전반에 대한 시각이 담긴다. 목표를 위해 고통스러운 시간을 견뎌내는 것, 설령 그것이 갈등이라 하더라도 관계나 사건 속에서 의미를 찾고 받아들이는 것, 그런 경험의 반복을 통해 삶의 가치가 점진적으로 증가되는 것 등이 해당된다.

피곤함을 잊을 만큼 뭔가에 몰입했다면 이것을 경험한 셈이다. 배우고 싶은 게 있어 바쁜 시간을 쪼개 학원을 다니는 것, 이따금 안락한 일상에서 탈피하는 선택, 시험의 합격을 위해 긴 시간을 견디는 것, 시험을 치르고 돌아오는 길에서 자신을 격려하는 모습, 오늘도 실패한 스스로를 안아주는 것, 이 모든 것은 자아실현적 행복이다. 자신의 몸매 관리를 위해 삼시 세끼를 닭가슴살만 먹는 친구가 안타까워 보였다면, 그 친구의 행복을 쾌락적 단맛으로만 바라보았기 때문이다. 그는 자아실현적 짠맛을 겪고 있다.

단짠의 균형

일상이 만족스럽지 않을 때는 단맛보다 짠맛을 점검해 볼 필요가 있다. 의외로 우울과 무료는 짠맛의 부족에 기인할 때가 많기 때문이다. 짠맛인 '자아실현적 안녕감'이 가지는 의미를 이해하고 '주관적 안녕감' 사이에 적절히 배치해야 두 가지 맛의 적절한 균형을 맞출 수가 있다. 이 균형을 얼마나 잘 맞추는가에 따라 서로가 시너지를 일으키며 더 풍족하고 만족스러운 일상으로 이어진다.

균형을 맞추지 못하면 그저 입에 들어오는 대로 씹게 된다. 단것만 너무 먹다가는 알 수 없는 갈증에 빠진다. 짠 것만 잔뜩 입에 머금고는 어렵사리 씹어내며 고통에 몸부림치기 바쁘다. 생각해 보라. 단맛이고 짠맛이고 지나치게 먹다 보면 모두 쓴맛으로 느껴질 뿐이다. 그래서 인생을 쓰다고 하는 건가.

무미건조한 시간들도 분명히 있다. 매일 반복되는 양치질과 출퇴근길에 억지로 의미를 부여할 수는 없다. 쌓여있는 업무와 도무지 이해할 수 없는 상사와의 트러블에 짠맛의 의미를 담기 위해 뇌를 괴롭힐 필요도 없다.

그저 나에게 의미 있는 단맛과 짠맛을 찾아보자. 1초도 멈추지 않고 흘러가는 일상에서 나에게 달콤한, 혹은 짭짤한 순간을 하나씩 찾아내 보는 것이다. 무턱대고 씹지 않도록. 그 맛과 의미를 알고 음미할 수 있도록 말이다. 부족한 맛이 있다면 추가해 봐도 좋겠다. 월, 수, 금요일의 학원처럼 말이다. 그러다 보면 쌓여있는 업무와 상사의 무서운 태도가 좀 달리 보일지도 모를 일이다. 이따금 출근길이 즐거워질지도.

행복과 해피는 다르다?

행복과 해피는 다르다. 두 용어가 같다면 어째서 행복한 사람보다 해피한 사람이 더 해피할까.

이게 무슨 말인가 싶을 수 있다. 그렇다면 먼저 대한민국의 '행복'에 대해 알아보자. 〈2022 세계 행복 보고서World Happiness Report by SDSN〉에 따르면, 한국인의 행복지수는 146개국 중 59위로 나타났다. 얼핏 보면 상위권인 듯 보이지만 OECD(경제협력개발기구) 회원국 중에서 최하위 수준이다. 심지어 한국인의 자살률은 OECD 회원국 중 부동의 1위를 기록하고 있다.

그렇다면 '해피'한 국가들은 어떨까. 〈세계 행복 보고서〉의 상위권에는 북유럽 국가들이 포진해 있으며, 영어를 주로 사용하는 뉴질랜드, 호주, 캐나다, 미국, 영국은 각각 10위, 12위, 15위, 16위, 17위를 사이좋게 차지하며 해피의 저력을 보여주고 있다. (정확히는 Happiness가 맞다. 본문의 '해피'가 가지는 의미는 다른 문화권의 행복을 상징하는 것이니 딱 맞아떨어지지 않더라도 너그럽게 넘어가자.)

상위권 국가들은 경제 수준이나 복지 환경이 좋다 보니 당연히 좀 더 해피할 것만 같다. 하지만 한국은 세계 10위의 경제 대국인걸! 뭔가 이상하다. 경제 말고 다른 변수가 있는 게 아닐까? 아래의 두 국가를 만나보자.

"그걸 왜 지금 걱정해?"─멕시코

가방 하나만 메고 전 세계를 도는 여행작가 김현성 씨는 멕시코에서의 일을 매우 특별하게 기억하고 있다. 20여 년 간 한국에서 체화됐던 고정관념이 박살나는 경험을 했기 때문이다. 놀랍게도 바다 건너 2억 명의 사람들은 이곳, 한국의 상식과는 전혀 다른 답을 내고 있었다.

하루는 집으로 돌아가는 길에 만난 윗집 아저씨가 냉

장고를 짊어진 채 나서고 있었다. 어디 이사를 가는 건지 물었다.

"바캉스를 가려는데 돈이 없어. 냉장고를 팔 거야."

으잉? 도무지 이해가 가지 않는다. 아무리 돈이 없어도 집에 있는 냉장고를 팔아서 여행 가는 사람은 본 적 없기 때문이다. 대부분 그런 상상조차 하지 않는다. 도대체 돌아와서는 어떻게 지내려고 이런 선택을 한단 말인가. 그는 재차 물었고, 윗집 아저씨는 오히려 의아하다는 듯 답했다.

"꼬레아노(한국 사람아), 왜 그걸 미리 생각해? 나한테는 지금 여행 가는 게 중요한 거야."

놀랍게도 윗집 아저씨는 딱히 유별난 사람이 아니었다. 그곳 사람들은 대부분 비슷한 사고와 정서를 갖고 있다고 한다. 예컨대 매우 뜨거운 여름, 갈증이 심한 상태. 눈앞에 음료 자판기가 있다고 해보자. 하지만 500미터만 더 걸어가면 집이다. 집 냉장고에서 시원한 음료를 꺼내 마실 수 있다. 어떤 선택을 하는 게 나을까?

사실 고민할 거리도 아니다. 나라면 집에 가서 음료를 마실 것이다. 그 짧은 거리를 못 참아서 1,000원을 쓸 필요가 없기 때문이다. 하지만 그가 만난 멕시코인들의 선택은 달랐다. 자판기에서 음료를 뽑아 마신다.

"왜 이 돈 아끼자고 그걸 참아. 목이 타는데 마셔야지. 아오리타 미스모Ahorita mismo(지금, 당장)!"

이런 차이로 볼 때, 그들은 한국인의 보험이나 저축 습관을 이상하게 생각할 여지가 높다. 그들에게 이런 선택에 대해 물어보면 대답은 이렇다.

"내가 언제 죽을 줄 알고 저축을 해? 지금 써야지. 10년 후에 어떤 일이 있을 줄 알고."

멕시코인들은 다가오지 않은 미래를 앞서 걱정하지 않는다. 지금 보고 느끼는 것들을 중시한다. 한국인의 시선으로 그들의 가치관을 이해하는 건 쉽지 않은 일이다. 저렇게 계획 없이 살다가는 끝끝내 거지꼴을 면치 못할 것 같아서다.

그럼에도 행복의 관점에서는 생각해 볼 여지가 있다. 미래를 위해 현재를 한가득 투자하는 게 꼭 이로운 선택일지. 언제부터 그걸 당연하게 여겨왔는지 말이다.

참고로 멕시코의 소득 수준은 한국보다 낮다. 하지만 행복지수는 더 높다.

기다리면 얻을 수 있는걸? — 부탄

부탄은 불교 국가다. 고기를 먹는 게 금지되어 있다. 하지만 먹는다. 심지어 대놓고 먹는다. 어찌 된 일일까?

교리상 살아있는 동물을 도축하는 행위는 금기 사항이다. 반면에 생이 다해 죽은 자연사 소들은 먹어도 문제가 되지 않는다고 한다. 들판에는 늘 야생 소 떼가 있는데, 이 중 죽은 소는 음식의 개념을 가질 수 있게 된다. 그래서 곧 죽을 듯 비실비실한 소를 보면 따라다닌다는 농담도 있다고 한다.

도축 금지는 굉장히 많은 것들을 제한한다. 부탄에서는 낚시도 불법이다. 낚시광들에겐 억장이 무너지는 일. 싱싱한 회나 초밥도 먹을 수 없다. 명이 다해 죽은 소는 식용으로 키워진 소에 비해 질기고 냄새도 많이 날 것이다. 하지만 그들에겐 기다림 끝에 합법적으로 먹을 수 있는 주요한 음식이다. 돈만 있으면 언제든 소고기나 싱싱한 회에 소주 한잔 걸칠 수 있는 한국과 비교해 보면, 그들의 삶은 꽤 퍽퍽해 보인다.

하지만 히말라야 산맥에 붙어있는 인구 70만 명의 작은 나라 부탄은 국민의 97퍼센트가 자신을 행복하다고 느낀다고 알려진 곳이다. '동물마저 행복하다'라는 농담이 있을 정도. 앞서 참고했던 〈세계 행복 보고서〉에서는 순위가 높지 않지만 해당 자료를 발표할 때 별도의 케이스로 소개될 만큼 남다른 국가이며, 경제적인 풍요가 행복을 견인한다는 전제를 뒤집은 대표적인 사례로 꼽힌다. (참고로, 〈세계 행복 보고서〉에서 부탄의 순위가 높지 않은 이유는 해당 기구에서 평가하는 지표와 행복의 기준이 달라서일 가능성이 있다고 한다.)

'기다리는 자에게 복이 있다Good things come to those who wait'라는 속담이 있다. 기다림은 대체로 그 시간만큼의 결핍을 만들고 인내를 요구하지만, 그것이 해소될 때는 그 시간만큼의 충만함을 선물한다는 의미다. 만약 '기다림 평균치'라는 게 있다면 우리나라의 그것은 최근 수십 년간 가파르게 줄어들었을 것이다. 이제 한국인에게 빠른 속도는 생명이다. 원하면 언제든 집에서도 대부분의 음식을 시켜 먹을 수 있으며, 밤에 주문한 상품이 다음 날 아침에 도착해 있는 (이런 시대를 겪어본 적이 없다면 아무리 설명해도 믿지 못할 만큼의) 놀라운 세상에 살고 있다.

하지만 이는 '기다릴 수 있는 기회'가 그만큼 줄어들었음을 의미하기도 한다. 마치 동영상에 익숙해지면서 긴 글을 읽기 어려워지고, 쇼츠에 익숙해지면서 긴 동영상을 보기 힘들어진 것과 같다. 한번 빠른 반응에 익숙해져 버린 후에는 이전으로 돌아가기 어렵다. 빠르고 쉽게 얻을 수 있으니 그로부터 얻을 수 있는 만족의 크기도 점차 줄어든다. 얻을 때의 기쁨보다 얻을 수 없는 것들에 대한 불만에 더 집중하게 되었다고 볼 수도 있다. 그런 면에서 부탄 사람들의 기다림은 한국 같은 다른 문화권에서는 얻기 어려운 행복의 가치를 지니고 있다.

행복은 문화의 영향을 받는다

행복은 전 세계적으로 유사하게 표현되는 개념이라고 한다. 문화 교차 연구들에 따르면 모든 문화권에서 기분 좋은 사건, 목표나 욕구에 도움이 되는 상황, 동기를 만드는 일 등 유사한 계기로 행복감을 얻는다. 심지어 행복할 때의 표정도 유사하다고 한다.

하지만 막상 어떤 하나의 문화권 관점에서 다른 문화의 행복을 관찰해 보면 그 자체의 고유함에서 미묘한 차이를 느끼게 된다. 행복과 해피는 다르다.

예를 들어 폴란드어, 러시아어, 독일어, 프랑스어 등의 언어에서는 행복이 운명론적 개념을 포함한다. 행운이 따라야 얻을 수 있는 신성한 선물 같은 것. 반면 미국에서 사용하는 행복은 특별한 행운의 개념을 갖지 않는다. 이들에게 행복은 양도할 수 없는 인간적 권리이며, 긍정적인 경험뿐만 아니라 개인적인 성취와도 관련이 있다.

미국에서 행복은 주로 '환희', '열광'과 같은 높은 각성 상태와 연관성을 가진다. 반면 아시아권 사람들, 예컨대 일본인에게 행복은 일시적인 상태이며 사회적인 조화를 전제로 한다. 중국인들에게 행복은 '차분함', '여유'와 같은 낮은 각성 상태를 의미한다.

행복을 추구하는 방식에도 문화적 차이가 있다. 예컨대 조화로운 관계가 삶의 만족을 결정하는 '집단주의 문화'에서는 사회적으로 의미 있는 방향으로 행복을 추구한다. 하지만 '개인주의 문화'에서는 주로 자기 자신 및 효능감에 집중함으로써 만족을 경험한다.

한국인으로서의 행복

행복의 개념과 조건, 추구하는 방식이 문화의 영향을 받는다면 내가 막연히 기준으로 삼거나 상상했던 행복에 대해서도 따져볼 필요가 있다. 내가 막연하게 추구했던 행복이라는 것이 정말 나에게 의미 있는 보물이 맞는지 말이다. 한국에서 나고 자란, 윗세대로부터 영향을 받아 새롭게 현세대를 구성해 가는 우리는, 어떤 문화적 상황에 놓여있는 걸까?

대한민국은 일제강점기와 6·25를 겪으며 황폐화된 땅에서 불굴의 의지로 '한강의 기적'을 일구며 1996년에 선진국 그룹인 OECD의 스물아홉 번째 회원국이 되었다. 2021년 7월에는 유엔무역개발회의UNCTAD에서 대한민국의 지위를 개발도상국에서 선진국 레벨로 격상했다. 이는 1964년 해당 기구 설립 이후 67년 만에 처음 있는 일이다. 그해 대한민국의 국내총생산GDP은 1조 5,868억 달러로 세계 10위의 경제 대국이 되었다. 또한 글로벌 수출 6위, 수입 9위의 무역 강국이며, 블룸버그 혁신지수 세계 1위 국가로 자리매김했다.

2024년 현재, 대한민국은 문화적 초강국이기도 하다. 한류는 더 이상 신기한 현상이 아니며, 한국발 음악과 영화, 드라마 콘텐츠는 그 자체로 세계적인 가치를 갖는다. 소위 말하는 '국뽕'이 차오르는 이야기가 아닐 수 없다.

하지만 문화적 함정은 이곳에 있는 듯하다. 한국은 분단국가라는 불안 속에서 이 같은 쾌속 질주를 해온 탓에 지금도 그 긴장감이 유지되고 있다. 주변 강대국의 물리적, 경제적 압박 속에서 입지를 다지기 위해 막말로 '열나게' 노력하는 것이다.

그래서인지 우리에게 '생존'이란 뒤처지지 않는 것이며, '행복'이란 상대적 우위에 서는 것처럼 여겨진다. 더 강한 국가의 삶을 이상적인 목표 지점으로 바라보게 되는 것이다.

행복이 문화에 따라 달리 추구되는 것처럼, 결국 지구에는 79억 개의 조금씩 다른 행복과 불행이 존재한다. 누군가에겐 신나는 기분이, 누군가에겐 감사하는 마음이, 누군가에겐 생산적인 활동이, 누군가에겐 걱정거리 없는 편안함이, 누군가에겐 성장하는 순간이, 다른 이에겐 단출한 탁자와 책 그리고 커피 한잔이 행복의 원천이 될 수 있다. 그리고 누군가에게 그것은 때때로 불행이 되기도 한다. 심리학자 미하이 칙센트미하이Mihaly Csikszentmihalyi는 말했다.

"우리가 살아서 얻는 모든 기쁨은 결국 일상의 경험을 어떻게 골라내고 해석하는가에 달려있다."

문화적 함정에서 벗어나 보자. 만약 더 이상 쫓기거나 앞설 필요가 없다면, 쫓아갈 필요도 없다면, 나는 어떤 행복을 그릴 것인가. 그것은 정말 미래에만 있을까?

돈 걱정은 눈치게임에서 시작된다

부자의 기준이 뭘까요?

김○○ 글쎄요. 음…… 하고 싶은 걸 시간 고민 없이 바
     로 하고, 갖고 싶은 걸 가격표 안 보고 선택할 수
     있으면 부자일 것 같아요.

유○○ 그런 말을 본 적이 있어요. 자식이 날 책임지지
     않아도 되면 부자라고.
     그런데 나 자신은 물론이고 자식까지 내가 커버
     할 수 있으면 더 부자. 손주까지 커버할 수 있으
     면 핵부자라고. (웃음)

박○○ 저는 좀 현실적인데, 건물 한두 채와 주식 등의
      투자 자산을 갖고 있어서 일을 하지 않아도 매월
      특정 수준의 돈이 들어오는 상황이요. 일종의 경
      제적 자유 상태?

  경제적 자유라…… 말만으로도 숨이 트이네요.
  그렇다면 돈이 넘쳐서 그 자유를 얻게 되면 뭘 할 것
같아요?

김○○ 회사부터 관둬야죠. 취미로 다니거나.
유○○ 맞아요. 부담 없이 다니면 더 즐겁게 열심히 일
      할 것 같아요. 하지만 저도 일단 회사를 관두고,
      음…… 세계 여행을 떠나고 싶어요.
박○○ 뭐, 달라질 거 있나요. 그냥 지금 이 생활에서 걱
      정 하나 주는 거죠. 돈 걱정.

  하하, 그렇겠네요. 돈이 많아진다고 모든 걱정이 해결
되는 건 아니니까요. 그러면 질문을 바꿔서…… 돈 걱정
을 하는 이유는 뭘까요?

경제적 자유를 꿈꾼다

추운 겨울 출근하려고 이른 아침부터 집을 나설 때, 좋아하는 브랜드의 신제품이 나왔을 때, 둘 다 마음에 드는데 하나만 사야 할 때, 여유롭게 지내는 주변인을 볼 때, 월급날인데 통장 잔액이 어제와 다르지 않을 때, 10년 동안 모은 돈이 기대와 다를 때, 월세가 부족해 방을 빼야 할 때, 전셋값이 올라 은행을 방문할 때, 사랑하는 이에게 더 많은 걸 해주고 싶은데 통장은 그럴 수 없다고 외치고 있을 때, 그 모든 갈증을 한방에 해소할 수 있는 경제적 자유를 꿈꾼다. 꿈꿔왔다.

이런 이유로, 어젯밤에도 '자유의 날'을 염원하며 소주 한잔을 들이켰거나, 구입한 복권을 어루만지며 환희의 순간을 상상했을 이들이 많을 것이다. 저마다 정도의 차이는 있겠지만, 대부분의 사람들이 그날을 향해 달려가고 있다고 해도 과언이 아니다.

돈 걱정이 없는, 경제적으로 자유로운 삶은 무엇일까. 원하는 지역의 집 한 채와 차, 월 얼마 이상의 불로소득, 이따금 한 달 이상 자릴 비워도 되는 직업, 바닥나지 않고 오히려 증가하는 곳간 등 이상적인 조건들이 먼저 떠오른다. 선택과 집중, 기회비용, 그리고 가성비를 따질 필요가 없는, 그 과정에서 감당해야 할 스트레스가 없는 삶 말이다. 그 삶에 이르게 되면 돈 때문에 포기했던 것들을 다시 선택할 수 있다. 해결할 수 있는 문제들도 많을 것이다. 하지만 도달하지 못한 지금에서는, 돈 걱정을 할 수밖에 없다.

그런데 돈 걱정을 안 하려면 정말 저런 수준까지 도달해야 할까? 다시 말해, 그런 지점에 도달하기까지는, 계속 걱정을 할 수밖에 없는 걸까?

글 서두의 문답은 실제로 주변인들로부터 들었던 답변을 각색한 것이다. 나는 사실 더 많은 사람에게 같은 질문을 했고, 그들의 답변을 들으며 한 가지 흥미로운 공통점을 발견했다. '경제적 자유'라는 말에서 유추할 수 있듯, 다들 넉넉한 돈이 생기면 '무엇을 하고 싶다'라는 말보다 '제거하고 싶은 현재의 갈증이나 고통'을 먼저 답했다는 것이다.

이쯤 되면 부자가 되려는 건 현재의 문제들을 해소하기 위해서인 것만 같다. 그러니 오늘도 지속되고 있는 돈돈돈, 돈 걱정의 근원을 뜯어볼 필요가 있겠다.

이래도 10억을 받으시겠습니까?

인터넷에서 재밌는 질문을 봤다. 상황을 좀 추가해서 친구에게 던졌고, 그 결과는 다음과 같다.

"너 똥통에 들어갈 수 있어?"

"미쳤냐. 절대 못해. 목에 칼이 들어와도."

"만약 10억을 준다고 하면?"

"그럼 해야지. 들어가야지."

그는 매일 집 청소를 하고, 한여름엔 하루에도 샤워를 세 번씩 하는 친구였다. 나는 그의 반전 답변에 놀라며 말을 이었다.

"좋아. 10억에 대한 너의 의지는 잘 봤어. 자, 그럼 다른 상상을 해보자. 내가 지금 당장 10억을 줄게. 대신 네가 가장 싫어하는 사람한테는 그 돈의 10배인 100억을 줄 거야. 어디선가 마주치는 관계고…… 대대손손 잘 먹고 잘살 수 있는 돈이지."

"어? 하……"

"받을래?"

"하……"

친구는 긴 고민 끝에 10억을 포기했다. 배설물 속으로 들어갈 만큼의 결심을 이끈 돈이다. 목에 칼이 들어와도 지키려 했던 것이다. 그런데 왜 이번에는 답이 달라졌을까?

영화 〈아메리칸 사이코〉에서는 월스트리트의 젊고 잘나가는 금융인들이 회의 때마다 명함 배틀을 한다. 명함의 서체, 색상, 질감 등을 언급하며 마치 도박 패 뒤집듯 자신의 명함을 번갈아 꺼내고는 최고라고 어필한다. 그날의 베스트 명함 주인은 웃으며 돌아가고, 그렇지 않은 사람은 존재의 가벼움을 느끼며 좌절한다. 심지어 주인공인 베이트먼은 이 과정에서 살인 충동까지 느낀다.

〈오베라는 남자〉에서도 유사한 장면이 나온다. 오베는 먼저 세상을 떠난 아내를 따라가기 위해 매일 자살을 시도할 정도로 이승에 미련이 없는 사람이다. 그럼에도 친한 이웃이자 친구가 차를 바꾸면 그 브랜드와 연식에 따라 감정적으로 크게 동요하는 모습을 보인다.

심리학에서는 '이웃 효과Neighborhood effect'라는 개념을 통해 이런 현상을 설명하고 있다. 이웃 효과란 '절대적인 기준이 아니라 이웃, 그러니까 가까운 주변인과의 비교를 통해 자신을 평가함으로써 삶의 만족감이 달라지는 효과'다.

이웃 효과를 잘 설명하는 말은 정말 많다. (그만큼 공감대 형성이 잘되는 심리 효과이기도 하다.) 대표적으로 우리나라엔 '사촌이 땅을 사면 배가 아프다'라는 속담이 있다. 미국엔 '존스네 따라하기Keeping up with the Joneses'라는 표현이 있다. 가상의 이웃인 존스보다 뒤떨어지지 않기 위해 애를 쓴다는 의미다.

미국의 저널리스트 헨리 루이스 멩켄Henry Louis Mencken은 "부자란 그의 동서(아내의 여동생의 남편)보다 많이 버는 사람을 가리킨다."라는 말을 남겼다. 관련 조사도 진행됐었는데 여동생의 남편이 자기 남편보다 소득이 많은 여성은 그렇지 않은 사람에 비해 취업을 시도하는 확률이 실제로 20퍼센트나 높은 것으로 나타났다. 아래는 이웃 효과를 잘 나타내는 국가별 어록들이다.

"친구가 부자가 되는 것만큼 한 사람의 복지와 판단에 혼란을 주는 것은 없다."

_ 미국 경제학자 / 찰스 킨들버거Charles P. Kindleberger

"사두마차를 탄 사람이 육두마차를 타고 가는 사람에게 느끼는 시기심이, 걸어가는 사람이 육두마차를 탄 사람에게 느끼는 부러움보다 강하다."

_ 네덜란드 작가 / 버나드 맨더빌Bernard Mandeville

"우리는 자신보다 뒤처진 사람들을 보고 행복해하기보다
는 자신보다 앞서 있는 사람들을 보며 불행해한다."

_ 프랑스 사상가 / 미셸 몽테뉴Michel de Montaigne

"거지는 자신보다 많은 돈을 번 다른 거지들을 시기할망정
백만장자를 시기하진 않는다."

_ 영국 철학자 / 버트런드 러셀Bertrand Russell

이처럼 이웃 효과는 '비교 가능한 대상끼리의 눈치게
임'이라고 할 수 있다. 한국의 경우 IT 강국인 만큼 PC와
스마트폰 안에도 수많은 이웃이 있다. 그만큼 비교할 대
상도 넘친다.

돈 걱정으로 돌아와서, 이웃 효과의 관점을 빌리자면
이러한 걱정은 내가 주변으로부터 수집하여 조합한 상상
속 라이벌과의 싸움일지도 모른다. 상대적으로 우위에 서
려는, 혹은 뒤처지고 싶지 않은 마음에서 피어나는 각성
제인 셈. 마치 섀도복싱을 하듯 가상의 빌런을 향해 부지
런히 허공에 주먹을 휘두른다. 마땅히 부족함이 없는 현

실을 날카롭게 째려본다.

돈은 중요하지만 돈 걱정은 다른 문제다

돈에 대한 얘기를 하면서 자기 탐색과 같은 결론을 내는
건 여간 조심스러운 일이 아닐 수 없다. 이런 식의 접근
은 가진 것에 만족하는 게 최고의 답인 것처럼 이어지기
때문이다. 물론 틀린 말이라고 생각하진 않지만, 그런 도
인에 가까운 사고를 갖는 건 일반적인 생활에서는 쉽지
않다.

설령 스스로 그런 경지에 도달했다고 해도 밀접한 주
변인, 가령 가족들이 동의하지 않을 경우 그들은 평생을
고통받을 수 있다. 가족 모두가 한마음을 이뤄 무척 만족
스러운 일상을 보내고 있다고 하더라도, '가진 것에 만족
하라'는 말을 타인에게 뱉는 건 전혀 다른 문제다. 예컨대
다른 사람이 살 곳은 넓어지는데 내가 살 수 있는 곳은 하
루가 다르게 좁아지는 현실 속에서 '바람 막을 벽과 비를
피할 천장이 있는 집에 감사하며 살라'고 말하는 건, 일종
의 폭력이다.

그래서 한 번 더 정확히 하자면, 보릿고개 시절을 생각

하면서 안분지족해야 한다는 얘기가 아니다. 경제적인 어려움을 겪어본 사람은 안다. 그럴 땐 고장 난 세탁기부터 아이가 잃어버린 신발, 액정이 깨진 휴대폰, 심지어 때아닌 주차딱지에 이르기까지 모든 것이 치명적인 위협이 된다는 걸 말이다.

요는 돈 걱정을 효과적으로 해보자는 것이다. 막연한 눈치게임이 아니라, 비교할 대상을 명확하게 할 필요가 있다. 막연하고 모호할수록 벽에 비친 그림자처럼 거대하게 느껴지기 때문이다. 손에 잡히지 않으니 더 불안하고 마음만 급해진다. 단 한 번의 주먹이라도 제대로 뻗기 위해, 나에게 걱정을 불러일으키는 원인을 또렷하게 따져보는 게 좋겠다.

어쩌면 애초에 비교할 대상이라는 건 없었을지도 모른다. 막연하게 걱정만 한 것이다. 만약 그렇다면 돈이 필요한 이유를 내 안에서의 절대적 기준에 따라 찾을 수 있다. 그리고 그 기준에 맞춰 내 속도로 나아가면 된다.

나의 경우 의식주에 문제가 없고 이따금 여행을 다녀올 수 있는 수준의 경제력이면 된다. 누군가는 이것을 과분한 목표라고 생각할 수 있고—아무래도 '주'라는 한 글자에 많은 편차가 있을 것 같다—다른 누군가는 고작 그 정도로 만족할 수 없을 것이다. 하지만 내가 추구하는 수준은 이 정도이다. 이런 일상을 위해 계속 일을 하는 것도 괜찮다.

상대적인 관점을 버리지 못하는 한, 돈이 많아진다고 해도 경제적 자유는 오지 않을지 모른다. 언제나 변한 상황에 맞춰진 비교 대상이 기다리고 있을 테니까. 그래서인지 자수성가한 이들은 목표가 절대적이다. 주변의 삶이나 성공 소식으로부터 크게 영향을 받지 않는다. 걱정할 시간에 내 목표를 이루기 위한 노력을 하는 게 낫기 때문이다. 목표가 또렷하므로 위험을 감수하려는 능력과 의지가 강하다. 일상을 성실하게 대한다.

누군가는 절실함만이 부를 만든다고 했다. 그 말에 공감한다. 다만 부자가 되려는 의지와 그에 따르는 걱정을 잘 구분할 필요가 있다. 의지는 행동을 견인하고, 막연한 걱정은 스트레스를 만들 뿐이니까.

팩트 중독

밤하늘을 올려다보며 앉았다.

달무리가 하나도 없는 보름달이 평소보다 가까이 다가와 있다. 어찌나 밝은지 어둠의 신이 필터 하나를 깜빡한 듯, 그 주변으로 푸른 하늘이 펼쳐진다.

"와, 오늘 달이 진짜 예쁘다. 보름달이네."

일출보다는 일몰에, 해보다는 달에 마음을 뺏기는 터라, 감탄을 숨기지 못하고 입 밖으로 뱉어버렸다. 그러자 옆에 있던 친구가 답답하다는 듯 말했다.

"저건 보름달이 아니야."

"아니야? 동그랗고 예쁜데……."

"오늘 날짜가 13일이거든. 보름달은 15일에 떠. 자세히 봐. 저기 왼쪽 윗부분이 깎여있잖아."

그는 이과생이었고 대형 프로젝트 팀의 테크 리더를 할 만큼 똑똑한 인재였다. 허튼소리는 아닐 거라 생각하며 달을 다시 보았다. 그런데 달은, 그 달은 정말이지 보름달이었다. 여느 때보다 동그랗고 선명한 얼굴로 빛나고 있었다.

"보, 보름달 같은데……?"

"아니, 그럴 수가 없다고. 문과생 자식아."

그는 대쪽 같은 면이 있다. 그에 비해 나는 물렁하지만 고집은 좀 있는 편이다. 우리 대화는 엉뚱한 지점에서 엉킬 때가 많았다.

"보름달이 아니라면 이렇게 영롱할 수 없어!"

"아니라고! 저기 왼쪽 위가 깎여있다고. 그게 팩트야!"

"근데 다시 봐도 너무 동그랗지 않아?"

"으휴, 저, 저, 문과생들. 달 보면서 술이나 마실 줄 알지."

그렇게 우리는 보름달로 보이는 보름달이 아닌 달을 보며 한참을 옥신각신했다.

다음 날 우연히 기사를 보았는데 '올해 마지막 슈퍼문'

이라는 문구가 보였다.

어제 뜬 슈퍼문의 이름은 '철갑상어 달Sturgeon Moon'입니다. 북아메리카 원주민들이 8월마다 철갑상어 낚시를 하는 것에서 유래됐습니다.

나는 씨익 웃으며 친구에게 기사를 보여줬다. 그가 잠시 고장 났다가 깜짝 놀라며 자신의 이마를 친다.

"아, 맞네. 제일 중요한 걸 놓쳤네. 달이니까 음력을 따졌어야 하는데."

이어서 마치 아깝게 틀린 수학 문제를 대하듯 자책하며 말했다.

"미안. 팩트가 아니었네."

◆

언젠가부터 '팩트'라는 말이 사람들의 입에 자주 오르내린다.

'사실'이라는 의미의 영어 '팩트Fact'는 2010년경부터 대중적으로 사용되었다. 본래 언론학계에서 쓰이던 전문용어였는데 당시 인터넷상에 근거 없는 주장이나 소문이 늘어 이를 반박하는 과정에서 그 쓰임이 늘었고, 점차 일상의 범주로 퍼지게 되었다.

팩트는 중요하다. 팩트가 없다면 누군가 그럴듯하게 지어낸 잘못된 사실을 진짜인 듯 받아들이게 되어 손해를 보는 이들이 늘어날 것이다. 잘못된 정보를 일상의 지침으로 삼고 평생을 지낼지도 모른다. 가령 2000년대 후반까지 대부분의 한국인들은 밀폐된 방 안에서 선풍기를 켜고 자면 조상님을 만난다고 생각했다. 팩트는 우리를 보다 나은 상식 수준으로 이끌고 더 입체적인 가치관을 지닐 수 있도록 돕는다.

그래서인지 '팩트'라는 말이 불가침의 영역처럼 사용되기도 한다. 감정이나 상상 등 모호한 대화가 이어지면 "팩트야, 그거?", "팩트만 말해."라는 식. 사실이 아니거나 그에 미치지 못하는 것들을 무가치하게 바라보는 것이다. 과연 그럴까. 팩트만이 중요할까?

◆

마리나 아브라모비치Marina Abramović와 그의 연인 울라이Ulay는 그들의 사랑을 주제로 과감한 퍼포먼스를 하여 이목을 끌었다. 예를 들어 〈정지 에너지Rest Energy〉라는 작품에서는 각자 활과 화살을 쥐고 서로에게 의지하였다. 울라이가 쥔 화살의 촉은 마리나의 심장을 향해 있어 서로의 신뢰나 균형이 무너질 경우 위험한 상황이 생길 수 있었다.

그들은 이별하는 순간에도 퍼포먼스를 했다. 〈연인The Lovers〉이라는 이름의 그것은, 만리장성 양쪽 끝에서 출발하여 중간에서 만난 뒤 헤어지는 것이었다. 마리나는 황해, 울라이는 고비 사막에서 출발하여 2,500킬로미터를 걸었다. 90여 일 만에 둘은 만났다. 서로를 안아주었다. 그리고 각자의 방향으로 걸어갔다. 이별이었다.

〈연인〉은 본래 그들의 결혼식을 위해 계획한 퍼포먼스였다. 하지만 그에 대한 중국의 허가를 기다리는 동안 둘의 관계가 변해 이별식이 되었다. 서로를 안아주며 흘리던 눈물과 아련한 표정에서 그 슬픔의 크기를 알 수 있었다. 그것이 두 사람의 마지막이었다.

그로부터 22년이 흘렀다. 2010년 뉴욕 현대미술관, 마리나는 〈예술가와 마주하라The Artist is Present〉라는 이름으로 관객들과 약 700시간에 걸쳐 말없이 눈을 마주치는 퍼포먼스를 했다. 룰은 간단했다. 관객은 원하는 시간만큼 앉아있을 수 있고, 앉아서는 침묵하며 마리나와 눈을 맞춘다.

수많은 사람들이 그 의자에 앉았고, 그녀는 한결같은 표정으로 그들을 마주 보았다. 다음으로 백발의 남자가 의자에 앉았다. 마리나는 그를 보고는 뜨거운 눈물을 흘렸다.

상대는 울라이였다. 그녀는 처음으로 룰을 깼고, 그의 손을 맞잡았다. 둘은 깊은 미소와 함께 서로를 바라본 후 다시 헤어졌다. 이후 인터뷰에서 마리나는 울라이에게 이런 말을 남겼다.

"너는 '다음 관객'이 아니었어. 내 인생이었지."

마치 영화처럼 아름다운 이야기다.

하지만 그들의 현실은 여기서 끝나지 않았다. 두 사람은 공연에 대해 서로의 저작권을 주장했고, 결국 소송까지 이어졌다. 그래서인지 둘의 사랑을 다룬 영상엔 '팩트'에 대한 이런 댓글이 가득하다. '저런 다음 저작권 걸고 개싸움', '서로 고소하고 난리 블루스', '내 감동 돌려내'와 같은 것들이다.

조금 이상한 기분이 들었다. 댓글들이 마치 '더 이상 그들의 이야기는 가치가 없다'고 말하는 것 같았다.

하지만 결론만이 이 이야기의 전부는 아니다. 나는 그렇게만 바라보고 싶지는 않았다. 내 안에서 두 사람의 송

사가 이전의 이야기를 가리지 않도록 한쪽으로 치워뒀다. 만리장성에서 손을 놓으며, 테이블에서 그 손을 다시 마주 잡으며 흘렸던 눈물이 잘 보이도록 해두고 싶었던 것이다. 팩트가 본래의 의미를 해치게 둘 수는 없으니.

요즘 사람들은 의미意味보다 팩트fact를 중시한다. 물론 그들 주장대로 팩트 없는 의미는 아무것도 아니다. 그러나 의미 없는 팩트 또한 아무것도 아니다. 가령 팩트로만 보면 밥은 똥의 재료일 뿐이며, 꽃은 식물의 생식기관일 뿐이며, 책은 기름때 묻은 종이일 뿐이며, 조용필의 노래는 고막을 흔드는 진동일 뿐이며, 고흐의 그림은 굳은 물감 자국일 뿐이며, 어머니의 눈물도 수소와 산소와 염분의 화합물일 뿐이다. 하지만 삶에서는 백 가지 팩트보다 한 가지 의미가 더 중요할 때가 많다.

_ 박남일, 《어용사전》(서해문집) 중에서

눈에 보이는 대로

문화심리학자 김정운 씨는 "인간은 감탄하기 위해 산다."라고 말하며 감정의 중요성을 강조했다. 사람은 즐거움이 느껴지는 순간에 감탄을 하고 그 감탄이 다시 즐거운 상황으로 이어지는 선순환 안에서 살아간다는 것이다.

팩트에 지나치게 몰두하다 보면 오히려 눈앞의 진실을 놓치게 될지도 모른다. 일상에서 다가오는 순간들을 검증 위주로만 대하고, 그 안에 있는 여러 의미들을 우주 저편으로 흘려버리는 것이다. 좀 더 음미하여 감탄할 수 있는 계기가 줄어든다. 꽉 찬 보름달이 일그러져 보이기도 한다.

"확실치도 않은 일에 왜 감탄하고 있어. 안 그래도 바빠죽겠는데."

그러게. 시간도 없는데 우리는 왜 모든 일에서 팩트를 건지려고 하는가? 습관이잖아, 그건.

미래학자들에 따르면 2030년이 되면 그간 100년마다 두 배씩 증가하던 인류의 지식 총량이 3일에 두 배씩 늘어나게 된다고 한다. 늘 이전보다 빠르게 흐르는 세상 속에서, 알아야 할 것들은 이미 충분히 많다.

이따금 몸에 힘을 빼고, 눈에 보이는 대로 감각이 느끼는 대로 바라보면 어떨까. 앞을 가리고 있던 팩트 너머, 조금은 다른 것들이 보일지도 모른다. 사실은 아닐지언정, 내 마음을 어루만지는 어떤 것.

달 밝은 밤으로 돌아가서.

설령 그날의 달이 실제로 미완의 보름달이었다고 하더라도, 나에겐 아름다운 만월이었을 것이다.

돌아보니, 그때의 대화가 참 즐거웠다.

오늘도 내 얼굴로 웃을 수 있는 이유

선각자들은 외면보다 '내면'의 중요성을 강조했다. 내부가 부실하면 껍데기가 아무리 훌륭해도 소용이 없다는 것. 반대로, 내면의 흐름을 이해하여 외부 환경과의 균형을 이루고 나면 두개골을 덮고 있는 '눈코입 따위' 위치가 좀 멀거나 필요 이상으로 가까워도 큰 문제가 되지 않는다는 것이다.

그래, 기억할 만한 가치는 있을지 모르겠으나 어쩐지 받아들이고 싶지 않다. 매일 마주치는 일상에서는 내면보다 외모가 강력한 역할을 하기 때문이다. 심지어 내면은 전달될 때까지 긴 시간이 필요한 반면, 외모가 평가되는 시간은 1초가 채 안 걸린다. 그러고 나면 꽤 오랜 시간 동안 나의 내면을 대변해 버리기도 한다.

외모를 가꾸기 위해 노력하는 이유

외모의 영향력에 대한 연구는 발에 치이게 많은데, 그 많은 연구가 같은 목소리를 낸다. 이를테면 사람들은 상대방의 외모가 뛰어날수록 '더 많이 믿으며 더 많은 친절을 베푸는' 경향이 있다고 한다. 심지어 빼어난 외모를 가진 사람은 그렇지 않은 사람에 비해 '더 똑똑하고 재밌고 사교적이고 독립적이며 안정적'일 거라고 평가받는 경향도 있다. 누군가는 옅은 미소 한 방으로 취하는 것들을 나는 서럽게도 시간과 노력을 들여 얻어내야 한다는 의미다.

뭐, 굳이 더 많은 연구 결과를 봐야 할까. 사실 지나버린 시간 속 숱한 경험들이 이미 알려주었다. '외모가 전부는 아니니 노력해서 내면의 가치를 키워라'라는 말의 함정을 말이다. 죽도록 내면을 가꾼다고 한들 어디든 더 뛰어난 외면을 갖춘 것들이 있다. 어쩌면 '내면 따위' 중요하지 않을지도 모른다.

이처럼 다양한 경험을 통해 외모의 중요성을 체득한

우리들은 더 좋은 외모를 갖기 위해, 혹은 부족한 외모를 보완하기 위해 크고 작은 노력을 한다. 단적인 예로, 그 과정에서 소비되는 화장품의 양은 하루 수 톤에 이르며, 패션, 미용, 잡화 등, 외모 관련 산업의 지표는 장기간 우상향으로 성장해 왔다.

외모를 통해 알게 되는 것

외모는 어떤 정보를 주는 것일까. 우리는 타인의 외모로부터 무엇을 느끼기에 이런 노력들을 하는 것일까.

먼저 그 기준이 되는 특징들을 찾아봤다. 한국인이 생각하는 미인에 대한 조사에 따르면 '갸름한 얼굴, 쌍꺼풀, 큰 눈, 높은 코' 등이 주요한 기준으로 나타났다. 이는 19세기의 미인상인 '둥근 얼굴, 길쭉한 눈, 눈꼬리가 올라간 외까풀, 짧고 둥근 코' 등과는 큰 차이가 있다. 20세기에 서구 문화가 급격히 유입되면서 그 문화가 외모의 기준에도 영향을 미친 것이다. '미의 기준'은 고정돼 있지 않고 시간이 흐르며 변한다는 것을 알 수 있다.

그렇다면 대한민국의 현재 미의 기준인 서구적 외모는 실제 관계에서 어떤 정보를 주고 있을까. 한 심리학 연구에서는 21세기의 기준인 서구적 미인상과 19세기의 기준인 전통적 미인상이 실제 삶에서 어떻게 인식되는지 그 특성을 분석했다. 연구자들은 이를 위해 각 기준에 가까운 얼굴 사진 400장을 준비했다. 실험 참여자들은 대인관계의 여러 맥락(첫인상, 업무 상황, 친구 관계 등)을 가정하면서 자신의 눈앞에 놓인 얼굴을 평가했는데, 이를테면 '같이 일을 하게 된다면 어떨지', '비밀을 말할 수 있을지', '가까운 친구가 되고 싶은지' 등에 대한 질문에 점수로 답했다.

그 결과, 서구적인 얼굴은 '외향적이고 자신감 있는, 활발한' 인상으로, 전통적인 얼굴은 '편안하고 안정된, 친화적인, 신중한' 특징을 가진 것으로 인식되었다. 또한 사람들은 서구적인 얼굴을 더 미인으로 평가했으나, 놀랍게도 관계에 있어서는 전통적인 얼굴에 호감을 느끼고 더 가까운 사이로 발전하길 원했다.

이 결과는 중요한 사실을 알려준다. 우리가 외모를 바라볼 때 일반적이고 피상적인 태도로 바라보는 '표면적 관점'과 나와의 관계를 대입하여 보는 '심리적 관점'으로 나뉜다는 것이다. 전자는 미디어나 관련 산업의 영향이 크고, 후자는 자신의 실제 경험에 기반한다. 전자는 즉시 결정되고 후자는 시간이 흐르며 변한다. 따라서 이 두 가지 관점 간에는 차이가 발생할 수 있다.

오늘도 내 얼굴로 웃을 수 있는 이유

이번 생에서 아름다운 얼굴을 가져보지 못한 나로서는, 미인이 더 좋은 삶을 누릴 것이라는 막연한 생각이 있었다. 이른바 어디서나 환영받는 외모도 분명히 있다. 한 농담에 따르면 차은우는 그 외모만으로 한국이 낳은 세계 최고의 개그맨이 되었다. 그가 입만 열면 누구나 웃기 때문이다. (농담이 아니라 사실이잖아. 이건······.)

하지만 관련 연구 결과에 따르면, 얼굴이 더 예쁘고 잘생긴 것과는 별개로, 누군가의 외모로부터 느끼는 심리적 관점은 개인마다 달라진다. 그리고 이러한 인식은 한순간에 결정되지 않고 시간이 흐르면서 서서히 드러난다. 우리가 누군가의 외모로부터 호감을 느낀다면, 그것은 사진처럼 정지되어 있는 형상 때문이 아니라 그 사람과의 시간을 통해 내면과 외면이 조화롭게 어우러진 결과의 영향을 받는 것이다.

눈, 코, 입의 모양만으로는 보이지 않던 것들이 그 행동과 함께 움직이면서 얼굴에 드러났기 때문이다. 첫인상에서 미인으로 보였던 사람이 시간이 흐르면서 오히려 미워 보인다거나, 눈에 띄지 않던 누군가가 어느 날부터 갑자기 매력적으로 느껴졌던 경험이 있다면, 이런 영향 때문으로 볼 수 있다.

즉, 관계 안에서의 외모는 고정되어 있지 않다. 시시각각 살아 움직이면서 그 관계의 맥락과 개개인의 삶을 담아낸다. 비록 앞에서 '내면 따위'라고 했지만, 따져보니 내면은 굉장히 중요한 것이 맞다. '눈코입 따위' 어떻든 상관없어서가 아니다. 내면이야말로 내 외모에 담을 수 있는 가장 중요한 요소이기 때문이다.

그런 관점에서, 외모의 표면적인 부분만 뜯어보며 아쉬워하기보다는, 스스로를 잘 파악하는 게 오히려 내가 바라는 아름다움을 찾는 빠른 길이 될 수 있다. 어떤 사람이 되어갈 것인지, 원하는 삶은 무엇이고 어떤 가치에 마음이 움직이는지, 일상 속에서 나를 웃게 하는 순간은 언제인지, 그때의 나는 어떤 표정을 하고 있는지 생각해보자.

그렇게 자신을 깊이 이해하고 받아들인 뒤의 내 모습에 호감을 느끼는 사람이라면, 나의 진정한 가치를 알아보는 의미 있는 인연이 될 것이다.

더 나은 사람이 되기 위해 노력해야겠다. 친구의 말에
귀 기울이고, 동료의 고민을 함께 나누며, 가족과의 시간
을 소중히 여긴다. 수십 개의 근육을 양껏 사용하며 그 시
간들을 얼굴에 담을 것이다. 그 모양은 다소 삐뚤고 칙칙
하여 미인과는 거리가 있을 수 있다. 하지만 나의 얼굴은
결국 보여줄 것이다. 내 삶에 있는 멋진 기억과 따뜻한 순
간들, 그리고 그 속에서 빛나는 나만의 가치를. 그래서
나는 오늘도 이 얼굴로 웃을 수 있다.

희미한 행복, 선명한 불행

불행을 두려워하지 말고, 행복을 갈망하지 말라.
결국, 그것은 마찬가지이다.
쓰라린 것은 영원히 지속되지 않고,
달콤한 것은 결코 넘치도록 잔을 채우지 않는다.

_ 알렉산드르 솔제니친Aleksandr Solzhenitsyn

일하다 보면 '변수'와 '상수'라는 단어를 자주 사용한다.
이렇게 말하면 마치 애널리스트나 빅 데이터 전문가처럼
통계 관련 업무를 할 것 같은데 그렇지 않다. 나는 서비스
기획자다. 개발자와 서비스에 대한 구조나 데이터 흐름

등을 논하다 보면 으레 이 표현을 쓰게 된다. 변수 그리고 상수.

각각의 사전적 의미는 이렇다.

변수는 '어떤 관계나 범위 안에서 여러 가지 값으로 변할 수 있는 수'이고, 상수는 '변하지 아니하는 일정한 값을 가진 수나 양'이다. 뭔가 의미가 좀 어려운 듯해 보이지만 요약하자면 이렇다.

변수는 변할 수 있는 것, 상수는 변하지 않는 것.

컴퓨터 모니터를 상상해 보자. 모니터의 스크린 영역은 컴퓨터로부터 수신받은 늘 다른 정보를 출력하므로 변수의 영역이다. 반면에 모니터의 프레임, 베젤, 받침대 그리고 뒷면에 붙은 모델명 스티커는 상수다. 변하지 않는 (제작 시 변하는 것을 유도하지 않는) 영역이기 때문이다.

심리학 연구에서도 유사한 개념을 사용한다. 예컨대 '30대 남성은 최신 스마트폰을 사용할수록 주관적 안녕감이 높을 것이다'라는 가정으로 수집한 300명의 설문 결과를 분석하는 상황이라고 해보자. 데이터에서 각 응답자의 '스마트폰 기종'과 '주관적 안녕감 수준'은 각각 독립변수와 종속변수, 즉 '변수'다. 설문 결과에 따라 변하는 값이기 때문이다. 300명 데이터에서는 최신폰의 비율이 34퍼센트지만 추가로 200명을 더 설문하면 33퍼센트 또는 35퍼센트, 32퍼센트도 될 수 있다. 여하튼 변한다.

하지만 몇 명을 더 설문하든 '나이대'와 '성별'은 변하지 않는다. 그렇게 의도적으로 세팅하고 설문을 시작했기 때문이다. 30대 그리고 남자. 상수다. 내가 업무 시 사용하는 변수와 상수라는 용어도 개발 언어상의 표현이긴 하지만 그 의미는 같다. 상황에 따라 값이 변하는 영역과 그렇지 않은 영역.

일상에서 잘 사용하지도 않는 용어들을 언급하는 까닭은, 행복과 불행 중 어떤 것을 변수 또는 상수로 두는가에 따라 그 '일상'은 차이가 있기 때문이다. 물론 삶 전반에서 예기치 못하게 다가온다는 점에서는 행복이든 불행이든 변수가 맞다. 로또에 당첨된다거나 교통사고가 난다는 걸 누가 미리 알았을까.

하지만 일상에서는 다르다. 예측 가능한 사건들이 꽤 많다. 반복되는 매일을 나열하고 그 단면을 잘라보면, 마치 '30대 남성'이나 '모니터 뒷면의 모델명 스티커'처럼 고정적으로 존재하는 사건들이 있다. 우리는 그것들의 일부를 상수로, 또는 변수로 두곤 한다.

행복을 상수로 두는 이유

시간은 무한할지언정, 하루는 유한하다. 24시간 내에서 행복하거나 불행한, 웃기거나 슬픈, 만족스럽거나 아쉬운, 혹은 별생각 없이 흘러가는 사건들이 연속적으로 발생한다.

"행복한 삶을 꿈꾼다. 그래서 나는 월요일인 오늘을 행복하게 보낼 참이다. 월요병을 없애려면, 점심엔 내가 좋아하는 태국 음식 전문점을 가야겠다. 요즘 왠지 똠양꿍이 땡겼어. 음, 뭔가 부족한데……. 저녁엔 친구를 만나서 치킨에 맥주 한잔해야지!
행복할 하루를 에너지 삼아 지하철에 몸을 싣는다. 좁은 공간을 꽉 채운 이산화탄소와 함께 한 시간 남짓의 시간을 이동한다. 다운되는 기분을 가까스로 끌어올린다."

그런데 사람들은 습관적으로 행복을 상수로, 불행을 변수의 영역으로 두려고 한다. 다시 말해, 일상에서의 행복이 변치 않기를 바란다. 그것이 고갈되지 않고 유지되도록, 마치 할당량을 채우듯 오늘을 대한다. 잘 보낸 하루들이 모여야 '인간답고 행복한 삶'이 될 것만 같아서다.

실패한 오늘을 그곳에 쌓고 싶지 않기 때문이다.

"오전 11시. 주간보고 시간에 내가 진행 중이던 프로젝
트 속도를 더 내야 한다는 얘기를 들었다. 박 부장은 자
신이 중간에 방향을 틀어서 지연됐다는 건 까맣게 잊은
채 같은 말을 반복했다. 내 표정이 딱히 성에 안 차는지
4절, 5절, 6절까지 했더랬다.
그 덕에 점심이 늦어졌다. 태국 음식점의 자리는 만석이
어서 다른 걸 먹어야 했다. 하⋯⋯. 그래도 식당으로 가
는 길의 햇살과 바람은 여전히 좋았다. 오늘의 첫 행복
이다."

변수와 상수의 가장 큰 차이는 '내가 통제할 수 있는가'
이다. 그런데 곰곰이 생각해 보면 행복을 통제한다는 것
은 무척 힘든 일이다. 그 기준이 온전히 내 것일 수 없어
서다. 내가 태어난 곳의 문화, 그리고 주변의 영향을 받
을 수밖에 없다.

"누군가는 오늘 제시간에 출발해서 맛있는 태국 음식
을 먹었겠지. 아니, 그 누군가는 이렇게 시간 압박도 없
이 원하는 시간에 여유 있게 식당으로 향했을 거야. 아

직 붐비지 않은 그곳에서 제일 마음이 가는 테이블에 앉았을 거고, 당연히 음식도 빨리 나왔겠지.”

행복은 감정의 영향을 받는 상태이기도 하다. 기분이 좋지 않으면서 행복하기란 어렵지 않겠는가. 그런데 따져 보면 일상 대부분의 시간이 즐겁기는 쉽지 않다. 물론 불현듯 출근길이 좋을 때가 있다. 신바람 내며 일을 할 때도 있다. 퇴근길에 묘하게 설레고 감사할 때도 있다. 하지만 이것은 그 순간에만 존재했던 고유한 경험이다. 반복되는 동일한 시간 동안 나는 딱히 환희에 차있지도, 행복에 겨운 안녕감을 느끼지도 않는다. 바쁘고 신경 써야 할 것이 많아서 그렇다. 그다지 안락하지 않은 시간들이다.

“퇴근길 지하철. 오늘따라 유독 사람이 많다. 생각해 보니 어제도 많았다. 문득 이 고통이 반복되는 것 같은 느낌에 소름이 끼친다. 이대로 부정적인 기운이 스미게 둘 수는 없다. 곧 친구를 만날 텐데, 이곳의 좋은 점을 찾아보자. 그래, 이 냄새 그리고 저 회색빛의 사람들. 이 도시에서 오늘도 노력한 이들의 풍경이다.”

행복한 기분을 고양시키기 위한 일정을 의도적으로 배

치하기도 한다. 하지만 거기서 기대만큼의 결과를 얻을 수 있을지는 알 수 없다. 의도적인 상황 자체가 행복에 대한 성과를 책임져야 하기 때문이다.

심지어 '더 좋은 선택이 있었을지도 모른다'는 걱정으로 자연스레 다가오는 만족감마저 놓치기도 한다. 선택의 결과는 SNS의 사진처럼 멈춰있는 것이 아니다. 오히려 회전 초밥처럼 실시간으로 다가와 지나쳐 간다. 내가 행복을 느끼기 위해 애쓰는 순간에도 레일 위에서는 다른 선택들이 가능성을 남겨둔 채 흘러가는 셈. 그리고 언제 돌아올지 모른다. 다른 누군가의 손에 들려, 돌아오지 않게 될지도.

"기다리던 친구와의 저녁 식사. 그런데 이 친구, 회사에서 안 좋은 일이 있었다며 죽상을 하고 있다. 나까지 덩달아 기분이 처진다. 재밌는 얘기를 해보려 시도했지만, 결국 친구의 푸념으로 덮이고 만다. 소중한 시간이 이렇게 흘러가다니.

나는 결국 친구와의 자리를 예상보다 빨리 정리했다. 집으로 돌아와 맥주 한 캔을 따고 미드 정주행을 시작했다. 그런데 이상하게도 눈에 담기지가 않는다. 어두웠던 오늘이 어디선가 날 보고 있다."

행복을 상수로 두려는 것은 그 외의 모든 시간은 변수가 된다는 의미다. 어떤 일이 생길지 알 수 없고, 내가 기대한 시간이 아니므로 행복과는 거리가 있어 보인다. 마치 불행이라는 끝을 알 수 없는 변수에 무방비하게 노출된 것만 같다. 이 불규칙한 불행들이 자꾸 주변을 맴돌게 된다.

행복을 변수로, 불행을 상수로

언젠가 결혼한 선배가 이런 농담을 한 적이 있다. 결혼 생활을 잘하려면 매일 똥 한 숟가락씩 먹을 준비가 되어있어야 한단다. 때로는 작은 티스푼이고 이따금 큰 국자라고. 다소 진지한 표정의 농담이었다.

글쎄, 결혼 생활을 안 좋게 희화화하는 건 딱히 반기지 않지만, 이 농담에는 일상에 대한 꽤 그럴듯한 철학이 담겨있다. 불행을 상수로 두었다는 점이다. 고정된 행복을 갈구하지 않는다. 오히려 변치 않는 불행을 곁에 두고, 적과의 동침을 하는 것.

"오늘도 박 부장이 내 자존감을 깎아먹기 위해 수단과

방법을 안 가리겠군."

출근 후 책상에 앉으며 이런 생각을 하면 마치 일상 전반의 만족을 포기한 것처럼 보일 수 있다. 그런데 한번 따져볼 문제다. 부정적인 태도와 부정적인 상황을 선명하게 이해하고 있는 것은 다른 문제이기 때문이다. 직장 상사의 예의 없는 지적과 행동들은 나에게 어떤 행복도 줄 수 없는 게 맞다. 예상치 못하게 그런 일을 겪은 후 곱씹으며 심연으로 들어가는 것보다는 그런 일상의 결을 미리 예측하고 있는 게 낫다는 것이다.

"모든 인류가 지옥의 숨결을 뱉는 월요일이다. 어디 보자, 오늘의 불행은 뭐가 있을까. 주말 휴식의 여운이 남아있어서 그런지 출근길의 몸이 무겁네. 일단 11시에 있는 회의를 잘 끝내자. 상사가 오늘도 폭탄 같은 말들을 쏟아낼 게 분명해."

행복이 상수인 일상과 마찬가지로, 불행을 상수로 둔 일상에서도 그 외 모든 시간이 변수가 된다. 그것들이 모두 행복감을 주는 사건은 아닐 수 있다. 하지만 불행할 가능성도 현저히 낮다. 대부분의 불행을 이미 정해두어서다.

내가 정한 일들을 겪게 되는 것이라 '왜 나에게만 이런 일이'라며 자책할 필요가 없다. 채워야 할 행복이 없으므로 변수의 시간을 힘 빼고 흘려보내도 불편감이 없다. 부담이 없으니 자연스레 찾아오는 만족감을 알아채기도 쉽다. 안락한 일상. 이따금 설렘도 있다.

"하…… 회의를 망쳤다. 음…… 근데 이 푸팟퐁커리는 정말 맛있네."

행복을 변수에 두려면

행복을 변수로 두기 위해서는 세 가지를 기억해야 한다.

우선 사회적인 기대와 내 기준을 분리해야 한다. 사회는 나에게 '당신이 행복해지기 위해서는 ○○해야 한다'라는 조건을 제시한다. 도달하지 못하면 마치 뭔가 결여된 삶이 되는 것 같은 뉘앙스를 남긴다. 굳이 비교하며 그 기대에 부합하지 않는 것들을 짚어낼 필요는 없다. 큰 문제가 없어 안도하는 것만으로도 충분한 하루다.

나에게 존재하는 다양한 감정을 받아들이는 연습도 필

요하다. 부정적인 감정이라 할지라도 내가 겪고 있는 삶의 일부라고 생각하고 균형 있게 받아들이는 것. 그렇게 하면 나에게 중요한 것들을 더 많이 알아챌 수 있다.

마지막으로, 타인의 부정적 감정과 거리를 두어야 한다. 소통과 공감의 사회에서 살고 있다 보니, 타인의 고통으로부터 물러서면 정이 좀 없는 것 같은 느낌인데, 타인의 불행을 함께 곱씹으며 휩쓸리는 것보다는 그 경험 자체를 정상화하려는 노력이 중요하다. 누군가의 생각을 바꾸기 위해 애쓰는 것이 아니다. 그저 불행을 포함하여 다가오는 일들을 그대로 잘 받아들이고 있음을 보여주는 것, 나 스스로 그렇게 지내는 것이다.

행복이 상수가 되는 순간

행복은 사건의 순간에 경험하기보다는 그 전후에 느끼는 설렘과 만족감에 가깝다. 지나온 시간을 돌아보며 의미를 부여하는 것이다. 바쁘고 고된 하루의 끝, 잠들기 전 에너지가 남는다면 오늘의 좋았던 순간을 다시 짚어본다.

혹여 홀로 긴 시간을 보낼 수 있는 상황을 만난다면, 그렇게 문득 스스로를 쓰다듬어주고 싶은 순간에 다가섰다면, 그때는 행복을 상수로, 불행을 변수로 두겠다. 단단하고 변치 않는 불행과 함께 매일 고생했을 나를 바라보며 위로하련다. 잘했어. 고생했다. 정말 잘하고 있어, 라고. 그 안에서 하루 한 걸음 묵묵히 걸어간 나를 끌어안는다.

작은 일을 반복하는 것

멀리서 보면 희극이다.

삶에 대한 얘기다. 바다 건너 멋진 곳으로 여행을 하거
나 긴 줄을 기다린 끝에 맛있는 음식을 먹는다. 핫플레이
스에서 멋진 순간을 보내고, 사랑하는 이와 온 세상의 축
하를 받으며 멋진 결혼식을 한다. 가까운 이들과 멋진 장
소에서 대화를 나누며 크게 웃는다. 즐거운 순간이 참 많
다. 소셜미디어를 보면 온 세상 사람들이 이런 장면에 둘
러싸여 있다. 삶은 희극이 맞다.

가까이서 보면 비극이다.

'문제가 없는 가정은 멀리서 본 가정밖에 없다'라는 말이 있다. 따져보면 그럴 수밖에 없는 게 한 가정의 출발이나 다름없는 결혼식부터 여간 어려운 게 아니다. 그것을 준비하는 과정에서 이전의 삶과는 전혀 다른 난관을 경험한다. 여러 경험에 대한 스트레스 지수를 다룬 연구 결과, 회사에서 해고를 당하는 게 47점이었던 반면 결혼은 50점이었다. 심지어 신혼여행은 '한 사람은 신이 나고 한 사람은 혼이 나서 신혼여행'이라는 농담도 있다. 힘든 결혼식을 잘 끝낸다고 하더라도 그다음을 방심할 수 없다. 이처럼 어떤 삶이든 환희의 뒷면에 저마다의 비극이 숨어 있을 것이다.

그런데 정작 우리의 일상은 희극이나 비극으로 뚜렷하게 구분할 수 없다. 그것들의 비중이 매우 적기 때문이다. 일상 대부분의 시간은 매우 작은 단위의 반복들로 구성되어 있다.

치약을 칫솔에 덜어낸 후 입안 구석을 청소하는 일, 청소를 끝낸 후 그것을 뱉어내는 일, 옷을 고르는 일, 그것을 몸에 입힌 후 거울을 보는 일, 학교에 가서 책상에 앉는 일, 직장에서 아메리카노를 마시는 일, 젓가락으로 음식을 집어 입으로 가져가는 일, 건강을 걱정하는 일, 원

활한 신진대사를 위해 몸을 움직이는 일.

집에 돌아와 바빴던 아침의 흔적을 정리하는 일, 어항 속 물고기에게 먹이를 주거나 나만 기다리던 반려동물에게 사랑을 듬뿍 전하는 일, 사랑하는 이에게 저녁을 먹었는지 묻는 일, 부모님의 질문에 저녁을 먹었는지 대답하는 일, 샤워 후 물기를 닦아내는 일, 벗은 옷을 빨래통으로 갖고 가는 일, 자기 전 알람을 확인하는 일, 불을 끄는 일.

작고 사소한 일부터 크고 중요한 일까지 정말이지 많은 일들이 반복되고, 반복한다. 내가 나열한 것은 실제로 한 사람이 반복하고 있는 일의 1퍼센트도 되지 않을 것이다.

따라서 이 '반복'에 대해 생각해 볼 필요가 있다. 아마 지금 이 순간도 어떤 반복을 하고 있는 당신은 그것이 별게 아니라고 생각할 가능성이 높다. 일면 맞다. 작은 일은 그 자체로 지극히 작은 게 사실이다.

하지만 그것을 반복하는 건 다른 문제다. 고인이 된 영화배우 이소룡은 '만 가지 발차기를 할 수 있는 사람보다 한 가지 발차기를 만 번 연습한 사람이 두렵다'라고 말했다. 이 말의 요는 아무리 작은 일이라도 '반복'은 어렵다는 것이다. 고로 당신이 매일 반복하는 작은 일들은 그 자체로 (글 서두의 희극에서 언급한 여러 장면들보다도 더) 크고 대단하다.

여기까진 그저 듣기 좋은 소리로 들릴지도 모르겠다. 하지만 반복이 진짜 중요한 이유는 그것이 '내 존재를 결정하는 일'이기 때문이다. 양자물리학에 따르면 물질은 입자와 파동의 성질을 가지며, 위치와 속도를 동시에 확정할 수 없는 불확정성 원리를 따른다.

즉, '나'는 고정된 물리적 실체가 아니고 지금도 실시간으로 새롭게 구성되고 있다는 것이다. 세포의 변화는 이러한 현상 일부를 설명한다. 예컨대 피부 세포는 약 2주마다 새것으로 교체되며, 혈액 세포는 약 120일 동안 순환한 후 새로운 세포로 대체된다.

이는 내가 아무리 노력해도 스스로의 물리적 속성을 유지할 수 없음을 나타낸다. 스스로 '나'라고 기억하는 모든 것들은 말 그대로 기억 속에만 존재할 뿐 그 실체는 이미 사라지고 없는 셈이다. 지금의 나는 얼마 전의 내가 아니다. 우리는 늘 다른 존재가 되어있다.

그러므로 '잘 반복하는 일'은 중요하다. 내가 온전히 나로서 존재하게 만드는 조각가 역할을 하기 때문이다. 이 조각가는 나의 전체적인 형상을 만든 후 기분 좋을 때 생기는 이마 주름, 실망했을 때 떨어지는 어깨선, 이해가 되지 않을 때 미묘하게 삐쭉이는 입술 그리고 머리를 질끈 묶을 때의 각오까지, 모든 것들을 조각해 낸다. 이 작업은 매일 처음부터 새롭게 진행된다. 반복하는 일의 수만큼 조각가의 터치는 늘어나고 섬세해진다.

반복이 없다면 우리는 한여름 아이스크림처럼 녹아내릴 것이다. 반면에 반복을 통해 단단하고 선명하게 존재하게 된 우리는 예상치 못한 변화나 어려움이 닥쳤을 때 그것을 자신과 분리하여 구분할 수 있다. 지속해 온 반복으로 어려움 속에서도 이어갈 수 있는 힘을 갖는다.

삶이란 결국 이 같은 반복과 극복의 앙상블을 이루는 것, 그 과정에서 이따금 즐거운 순간을 만나는 게 아닐까 싶다. 그러니 혹여 당신의 오늘이 행복하지 않았더라도 불편해할 필요는 없다.

어제와 같이 무탈한 오늘에서 오는 안도감을 느껴보길, 어려움이 있더라도 마땅히 오늘과 내일을 살아내길 바란다. 그 반복의 시간 속에서 기대치 않았던 좋은 향기가 당신의 삶에 스며들길 소망한다.

2
장

◆

안도하는 일상

주어진 여건을 또렷하게

어느 날, 제대로 걸을 수 없게 되었다.

대퇴골두 무혈성 괴사로 인해 다리가 몸을 지탱할 수 없게 된 것이다. 유일한 해법은 인공뼈로 대체하는 것인데 의사 선생님께서 '아직 못 걷는 수준은 아니니 좀 더 당신의 다리로 살아갈 것'을 권했다. 복잡한 심경에 비해 주어진 미션은 간단했다. 왼쪽 다리에 무게를 싣지 말 것, 최대한 적게 사용할 것.

바야흐로 중력과의 싸움이 시작되었다.

일상에서 중력을 높일만한 행동들을 제거하는 건 딱히

어려운 일이 아니었다. 뭐랄까, 어차피 그리 활동적으로 몸을 쓰진 않았나 보다.

문제는 출퇴근길이었다. 노트북과 잡동사니가 들어있는, 사실상 바윗덩어리에 가까운 가방을 메고 왕복 세 시간 남짓을 이동해야 하는데 이것은 더 이상 예전의 난이도가 아니었다. 심지어 상태가 안 좋을 때는 지팡이가 필요했다. 한쪽 손이 항상 지팡이를 책임져야 하기 때문에 지하철에서의 다양한 변수 상황을 대처하지 못해 손이 꼬이거나 발이 꼬이거나 그도 아니면 바윗덩어리를 바닥으로 떨구곤 했다. 그렇게 집에 도착하고 나면 통증이 심해서 아이고아이고 노래를 부른다. 총체적인 난관.

그러던 어느 날 캐리어를 끌고 가는 누군가를 봤다. 머릿속에 강한 전류가 흘렀다. 그래, 캐리어를 쓰자. 그러면 몸을 누르는 가방의 중력은 0이 된다. 게다가 그것을 누르면서 밀 수 있으니 몸의 중력도 줄일 수 있을 터였다. 마치 수납 기능이 있는 바퀴 달린 지팡이랄까!

작은 캐리어를 구입했다. 검은색이다. 길이는 짧은데 다부지다. 고르고 고른 만큼 바퀴가 부드럽다. 가장 멋진 점은 위로도 열 수 있다는 것. 언제 어디에서든 쉽게 물건을 꺼낼 수 있다. 이 방법을 생각해 낸 스스로가 간만에 기특했다.

18인치 캐리어의 여행

네 개의 바퀴로 다니는 길은 두 발로 다니는 길과 조금 다르다. 예컨대 지면이 고르지 않은 곳이나 사람이 붐비는 곳을 지나기 어렵다.

이른 아침, 출근길에 나서는 즉시 그 차이는 시작된다. 아파트 입구의 계단 대신 옆의 내리막 통로를 이용하는 것.

두들락두들락두들락!

지하철역까지의 거리 500미터. 보도블록의 홈과 바퀴의 마찰이 규칙적인 충돌음을 낸다. 새벽의 냉기가 서린 거리에 바퀴 네 개의 요란스러운 비명만 울려 퍼진다. 가까이 걷는 사람이라도 있으면 속도를 줄이고 살살 밀게 된다. 왠지 그의 출근길 풍경을 박살 내는 것만 같아서.

지하철역에 도착하면 캐리어는 비로소 본연의 모습을 찾은 듯 유려하게 뻗어나간다. 마치 빙판 위의 컬링 볼처럼. 터프한 보도블록과 까칠한 아스팔트를 지난 후 컬링 볼이 되어 부드럽게 미끄러질 때의 묘한 희열이 있다.

바퀴로 다니며 가장 놀랐던 점은 생각보다 우리나라 지하철이 이런 목적의 길을 매우 잘 닦아두었다는 것이다. 엘리베이터든 에스컬레이터든 혹은 경사로든, 계단

없이 이동할 수 있는 루트가 있다. 전에는 이용할 일이 없어 몰랐는데, 마치 호그와트로 가는 비밀 통로처럼 반드시 있다.

다만 그중 엘리베이터는 묘한 긴장감을 견뎌야 한다. 긴 줄에 선 후부터 좁은 내부 공간을 꽉 채우고 문이 닫히기를 기다릴 때까지, (보통 20초 후 자동으로 닫힌다.) 그리고 그 문이 다시 열리기 전까지 긴장감은 지속된다. 왠지 "사지 멀쩡한 냥반이 왜 이걸 타?" 하는 시선을 받는 것 같다. 지인은 실제로 그런 말을 들었었다고.

게다가 지하철 엘리베이터는 지금껏 단 한 번도 열려본 적이 없는 것처럼 특유의 꿉꿉한 냄새가 가득하다. 마치 내부가 투명한 젤리 형태여서 문이 열려도 드나드는 공기가 없는 느낌이다.

그렇게 긴장감과 답답함을 견디고 나면 탁 트인 승강장을 마주하게 된다. 머지않아 열차가 도착한다. 여유로운 듯 의지가 분명한 걸음으로 빈자리를 향한다. 앉는다. 다리 사이에 캐리어를 끼고 손잡이를 내린다. 아직 턱까지 올라오는 호흡이 있다면 고른다. 노트북을 꺼내 다리 위에 둔다. 쓰던 글을 한 번 훑고, 이어서 쓰기 시작한다. 하루의 버팀목인 시간.

내릴 역에 다다르면 노트북을 넣고 캐리어의 손잡이를 뽑는다. 마치 〈미션 임파서블〉의 에단 헌트가 무기를 다루듯 빠르고 간결하게 뽑는 게 포인트. 그런 다음 녀석과 탱고를 추듯 휘리릭 돌리며 문 앞으로 간다. 열차에서 내린 후에는 다른 사람들이 모두 올라간 후에 에스컬레이터를 탄다. 잘못 휩쓸려 가다간 스텝 꼬여서 자빠지기 십상이다.

사무실 책상 위에 필요한 것들을 모두 꺼내놓은 후에야 무사히 도착했다는 느낌이 든다. 그렇게 18인치 캐리어의 오전 일과는 끝이 나고, 나의 일과가 시작된다. 정신없다가 바쁘다가 "어디 여행 가세요?"라는 질문에 답하는 하루를 보낸다. 그동안 캐리어는 책상 아래서 조용한 단잠을 청한다. 이제 이 녀석은 일상에 없어서는 안 되는 동반자가 되었다.

◆

10년 전쯤 썼던 나의 심리학 석사 논문은 '역경이 이후의 삶에 미치는 실체적 영향'에 대한 것이었다. 그 이전까지의 연구들은 삶에서 겪게 되는 역경에 대해 긍정적인, 혹은 부정적인 면만 다루고 있었다. 부정적인 면을 다룬 연구들은 역경에 대한 기억이 지속적으로 스트레스와 더불어 다양한 정신적 문제를 만든다는 것이었고, 긍정적인 쪽은 역경이 결국 당사자를 성장시킨다는 것이었다.

그런데 내가 연구 과정에서 알게 된 것은 역경 후 긍정적인 측면과 부정적인 측면이 모두 존재한다는 것이었다. 이는 매우 당연한 것 같지만, 막상 우리는 힘든 일을 이겨낸 누군가를 보면서 '이제 괜찮아 보이네. 굉장히 어른스러워졌어'라고 생각하지 '그렇지만 여전히 그 일로 인해 엄청 힘들 거야. 이따금 밤잠을 설치고 아무 이유 없이 눈물을 흘릴 거야'라고까지 생각하긴 어렵다. 반대의 경우도 마찬가지다. 피눈물을 흘리고 있는 이를 보면서 '성장하고 있구나'라고 생각하긴 어렵다.

하지만 이 두 가지는 분명히 동시에 존재한다. 비 온 뒤의 땅은 굳지만, 한편으로 이곳저곳에 갈라짐도 있는 것처럼 말이다.

그 논문을 쓰고 긴 시간이 흐른 지금, 나에겐 새로운 역경이 찾아왔다. 누군가는 앞에서 쓴 캐리어 관련 글을 보고, 이 역경이 나에게 긍정적인 계기를 주었다고 여길지 모른다. 실제로 그렇다. 다른 사람의 고통을 좀 더 면밀하게 헤아리고 공감할 수 있는 능력을 주었다. 그리고 여전히 내가 역경을 잘 이겨낼 수 있는 존재임을 확인시켰다.

하지만 긍정적인 변화와는 별개로, 이 문제는 여전히 삶의 일부로 존재한다. 인체란 게 참 신비롭다. 작은 뼈마디 하나가 고장 났을 뿐인데 많은 변화가 생겼다.

신호등이 깜빡여도 뒤뚱거리며 걸어야 한다. 오래 걸어야 하는 일정이 생기면 참여할 수 없다. 무거운 짐을 질 수 없으니 누군가를 돕지 못하고 멀뚱하게 서있는다. 웨이트의 꽃인 데드리프트와 스쿼트도 할 수 없다. 그나마 장기였던 제자리 멀리뛰기도, 이제는 할 수 없다. 누군가 귀를 열고 들어준다면 침 튀기며 떠들어댈 많은 문제들이 있다.

잘 뛰고 걷던 시절로 돌아갈 수 있다면 반드시 그렇게 할 것이다. 그럴 수 없는 지금이 이따금 서운하고 더러 서럽다. 그럼에도 이 불편이 가져다준 나름의 고마움이 있다. 항시 먼 길을 돌아가야 하고 시간을 들여 차례를 기다리지만, 바퀴 달린 가방을 타고 흘러 다니는 일상이 딱히 싫진 않다. 뭔가 더 느긋하고, 여행을 다니는 기분이랄까.

삶은 그런 것 같다. 주어진 여건을 또렷하게 바라보

는 것, 그곳에서 배어나는 맛을 꼭꼭 씹으며 음미하는 과
정, 험난했던 어제를 끌어안고 무탈했던 오늘을 안도하
는 일상.

  이것은 행복보다 가깝고 불행보다 멀리 있다.

존버의 함정

겨울이 싫다.

여름의 후끈함이 사라지는 가을이 오면 남아있는 더위를 만끽하려 애쓰곤 한다. 딱히 여름을 좋아하는 게 아니다. 농도 짙은 열기가 어깨를 짓누르고 발목을 녹이는 한여름 무더위도 당연히 괴롭다. 단지, 겨울이 지독하게 싫을 뿐이다.

가장 좋아하는 계절은 봄이다. 겨울이 멀어진다는 점에서 가을보다 봄을 택하게 된다. 그래서 좋아하는 계절을 물어볼 땐 의도적인 구분을 짓곤 했다. "봄이 좋아? 가을이 좋아?" 혹은 "여름, 겨울 중에 군이 선택하라면?"과 같은 식이다. 언제인지 기억은 안 나지만 사계 중 겨울을 가장 좋아하는 사람이 있다는 걸 알고 적잖은 충격을 받기도 했다.

겨울을 이토록 미워하는 이유는 단연 추위 때문이다. 추위가 싫다. 나는 얇은 팔다리와 배둘레햄이 공존하는 하이브리드 육체를 사용 중이다. 그런데 하나뿐인 이 녀석이 추위에 참 취약하다. 감각적으로만 취약한 게 아니고 심리적으로도 그렇다.

"그 이불 속에서 결국 나와야 할 거야. 난 시간 많거든? 기다릴게."

아침에 눈을 뜨면 방 안까지 스며든 한기가 이죽거리며 기다리고 있다. 양 어깨의 거리를 좁히며 집을 나선다. 죽어가는 거리의 빛깔과 냄새, 그곳을 거니는 사람들의 낯빛, 앙상한 나뭇가지와 날카로운 바람 소리, 입을 다문 건물들. 모두 겨울의 추위를 극대화하기 위한 미장센 같다. 그 정점인 1~2월에 이런 길을 걷고 있노라면, 대바늘로 뼈마디와 근육을 들쑤시는데 죽지도 못하고 걸음을 잇는 죄수가 된 기분이었다.

심지어 이 겨울이라는 계절이 굉장히 끈질기다. 끝날

듯 끝날 듯 끝내지 않고 버티다가 시간 맞춰 들어서는 봄의 미소까지 밀어낸다. 어렵사리 지면을 뚫는 꽃들도 악착같이 시샘한다. 그렇게 자신이 완전히 사라지는 순간까지 날카로운 비명을 지른다. '어? 벌써?' 할 때 이미 사라진 봄, 가을의 아련함에 비하자면, 정말이지 아무리 좋게 보려고 뜯어봐도 그럴 수 없는 진상 같다.

(자, 흥분을 가라앉히고……) 이런 이유로 추위가 본격화되는 11월부터 2월까지의 약 4개월 동안, 나는 다른 계절에 비해 덜 웃고 덜 기뻐하며 덜 애쓴다. 그래서 일상에서의 분위기도 좀 다르다. "아, 저는 겨울 동안 최대 70퍼센트 컨디션으로 작동하는 것 같아요." 걱정 섞인 주변의 질문엔 이렇게 답하곤 했다.

그러던 어느 날 지인의 추천으로 좋은 외투를 샀다. 롱패딩이었다. 그 성능이 놀라웠다. 전에 입던 외투들보다 무게는 가벼운데, 월등하게 따뜻했다. 목과 손목 부분의 시보리가 탄탄하여 바람 들 틈이 없었고, 무엇보다 무릎까지 외투로 덮는 것이 그렇게 큰 차이를 만들 줄 몰랐다. 그 롱패딩을 구입한 순간부터 겨울의 일상은 완전히 바뀌었다. 겨울은 절대자가 아니게 되었으며, 겨우내 날카롭던 추위는 더 이상 나를 콕 집어 괴롭히지 못했다.

이렇게 상황이 바뀌고 나니, 추위를 그렇게나 싫어하면서 해결할 고민을 하지 않았다는 사실이 이상하게 느껴졌다. 매년 4개월의 시간 동안 온몸으로 받아들이고 이빨 부딪치며 버틴 것이다. '70퍼센트 컨디션'이라는 괴상한 변명과 함께.

"존버 해야지 뭐."

존버. '존나 버틴다'의 준말로써, 매우 힘든 시기를 거칠 때 사용되는 은어다. 본디 전략 게임에서 생겨난 용어여서 어려운 상황을 마냥 버틴다는 의미만 담겨있는 건 아니다. '절호의 찬스가 오거나 확실한 결과가 나타날 때까지 괜한 시도를 줄이고 현 상태를 유지시키겠다'는 의지가 담겨있다.

꽤나 인기 있는 표현이어서 게임은 물론, 일상 대화, 주식 투자, 예능 프로 등 다양한 상황에서 사용되곤 한다. 언젠가 TV를 틀었는데 명절 특집으로 아이돌 게임 대회를 방영하고 있었다. 캐스터가 흥분하며 소리쳤다.

"와아, 세상에! ○○○선수! 존버 전략을 택합니다! 존중하며 버티기!"

심리학에도 존버와 역할이 비슷한 키워드가 있는데 '수용'이다. 몰랐거나 알면서도 무의식적으로 부인하던 사실에 대해 인정하며 자신의 일부로 받아들이는 과정을 의미한다. 문제 해결을 위해 애쓰기보다는 유지한다는 점에서 존버와 그 근원이 유사하다.

이 같은 수용을 통해 꽤 많은 심리적 문제들을 해소할 수 있다. 타인과 자신을 비교하며 평생을 갈증과 함께 살아가는 것보다는 자기 수용을 통해 있는 그대로의 나를 받아들이고 그 안의 고유한 빛들을 찾아낼 수 있기 때문이다.

그래서 수용과 존버는 좋은 조합이다. 인생을 마라톤으로 보았을 때, 존버할 힘이 없다면 목적지에 도달하기 어렵다. 적절하게 완성된 수용 후에는 마라톤이 청량한 바람과 화창한 햇살 아래의 조깅으로 보일지도 모른다.

하지만 이 속에 함정이 있다.

받아들이고 버티는 행위에만 몰두하다가 정작 그 목적을 멀리 두게 되는 경향성이다. 오늘, 이번 주의 불편들을 습관적으로 방치하는 것이다. 따져보니 인생은 마라톤이라는 비유가 그렇다. 도착하는 순간까지 일관적인 속도를 유지하며, 고통만을 감당해야 한다.

수용하는 태도를 통해 '언젠가' 인생 전반에 대한 평온에 이르려는 것. 존버하다 보면 '끝끝내' 빛을 볼 거라는 기대. 이렇게 장기적인 관점의 태도는 반복되는 오늘을 또렷하게 보지 않도록 만든다. 일단 수용해 버리고 막연하게 존버하면서 '언젠가'를 위한 과정으로 오늘을 소모시키는 것이다. 건조한 표정으로 다가오는 내일도 마찬가지다. 그것이 오늘이 되면서 같은 과정이 반복된다.

그렇게 나는 롱패딩도 없이 긴 겨울의 추위를 수용해 왔었다. 매년 반복되는 겨울들을 치열하게 존버했다. 딱히 해결할 고민도 없이.

먼 행복 vs 가까운 불편

행복에는 신화적 이미지가 있다. 완벽한 여건에서, 영화의 클라이맥스 같은 타이밍에, 모든 걸 깨달으며 진리의 눈을 떠야 완성될 것 같은 느낌 말이다.

하지만 실제로는 그렇지 않다. 행복은 반복되는 일상, 그러니까 수많은 오늘들의 합일지 모른다. 그렇기에 오늘의 가치를 높이는 게 더 중요하다.

이를 위해서는 신화보다 간편하고 직접적인 방법이 필

요하다. 나를 불편하게 만드는 변수들을 하나씩 찾아서 제거하는 것.

막상 그것을 발견하려면 쉽지 않다. 뇌라는 게 적응에 능해서 불편에 적응을 해버렸기 때문이다. 게다가 중대한 목표를 향해 나아가고 있거나 업무에 치여 정신없이 지내다 보면 낯선 불편들에도 둔해지기 쉽다. 문제는 내가 인지하지 못할 뿐 그로 인한 스트레스가 누적된다는 것이다. 당장 오늘의 크기는 작더라도 매일 반복되며 쌓이면 무시할 수 없다.

불편을 알아채려면 꽤 적극적인 관심이 필요하다. 짜증을 돋게 하고, 의욕을 떨구고, 스트레스를 유발하는 것들. 오래전부터 그렇게 지내와서 인지하지 못했던 불편들을 찾아보자.

사소한 것들부터, 숙고해야 눈치챌 수 있는 것들까지 다양하게 숨어있다. 장기간의 노력이 필요하거나 인생 목표 수준의 거대한 문제는 장기 계획 폴더에 곱게 넣어두자. 이 방법의 핵심은 '간단함'이다. 긴 시간 들일 필요 없이 더 나은 상황을 만드는 것.

이를테면 한 시간 넘는 출근길을 편히 가기 위해 더 일찍 집을 나설 수 있다. 블루투스 이어폰을 사용한다. 살짝 삐뚤어져 하루 종일 두통을 일으키는 안경을 전문점에서 다시 조정하거나 더 가벼운 안경으로 교체한다. 귀가 편한 마스크를 고른다. 좋은 키보드와 마우스, 그리고 팜레스트를 사용한다. 모니터 받침대로 눈높이를 맞추고 목의 통증을 줄인다. 지갑의 내용물을 줄여 이동 편의를 높인다. 어떤 건 사소하고 어떤 건 과해 보이지만 모두 내 일상의 불편을 효과적으로 줄여준 시도들이었다.

그러고 보니 일상의 불편을 제거하기 위해서는 돈이 필요하다. (현실적으로 마련하기 어려운 금액이라면 위에서 정의한 불편에서 벗어나는 일이다.) 한편으론 그에 필요한 비용이 일상을 하나의 게임으로 이끄는 유인이 되기도 한다. 불편들을 몬스터로 생각하고, 작고 만만한 녀석부터 하나씩 처치하는 것이다. 레벨이 오를수록 불편은 줄고 만족은 늘어나니 일석이조. (지갑이 가벼워지지만 그만큼 이동이 편해지니 일석삼조……!)

재미가 붙어 불편들을 모두 제거하다 보면 숨 쉬는 것 외에 아무것도 남지 않을지도 모르겠다. 하지만 그 반대, 그러니까 모든 것들을 다 받아들이거나 혹은 의식하지 않고 흘러가는 것보다는 낫다. 누군가 그랬다. '그래도 스스로 힘든 상태인 걸 아는 건 다행 아니냐'고. 맞는 말이다. 결국 모든 변화는 알아차리는 것부터 시작되니까.

불편은 행복만큼 멀리 있지 않다. 하지만 행복과 밀접하게 닿아있다. 오늘이라도 당장, 닿을 수 있고 제거할 수 있다.

손톱 밑 가시가 마음속 가시로

앞서 말했듯 어느 날 갑자기 몸이 아프기 시작했다.

'대퇴골두 무혈성 괴사'라는 이름도 증상도 무서운 이 병은 나를 제대로 걷지도 앉지도 눕지도 못하게 했다. 지나가는 독감 정도로 못 본 척하기엔 집요하고 뾰족하더라. 결국 활동의 크기와 가짓수를 줄이고 회복에 전념하는 시간을 보내기로 했다.

그 과정에서 이상한 일을 겪었다. 바뀐 건 몸의 상태일 뿐인데 내 기분도 몸의 컨디션을 따라 어두운 곳으로 침전되는 것이었다.

어느 날 새벽, 잠에서 깼다. 마치 계속 못 잤던 것처럼 눈가가 시렸고, 그렇게 어두운 천장을 조용히 올려다봤다. 문득 불행하다는 생각이 들었다. 일상을 잘 흘려보낼 수 없을 것처럼.

인류의 오랜 역사에서 '행복'보다 더 오랫동안 열심히 연구된 주제는 없었다고 한다. 아리스토텔레스 같은 그리스 철학자, 성경의 교리, 현대의 이론과 과학, 자기계발 서적에 이르기까지, 행복은 인간이 끊임없이 추구하는 목표이자 감정이기 때문이다.

그런데 최근 이런 연구의 흐름은 '행복에 가장 영향을 많이 끼치는 건 결국 신체의 건강'이라는 의견에 가까워지고 있다. 그 이유는 두 가지다.

첫째, 몸의 건강은 감정에 직접적인 영향을 미친다.

에너지, 동기, 회복탄력성 등은 우리가 흔히 '감정'이라고 부르는 여러 차원 중 일부에 속한다고 볼 수 있다. 그런데 이는 동시에 신체적인 건강 상태를 나타내는 표현이기도 하다. 몸의 기본적인 상태가 건강해야 더 많은 에너지를 만들어낼 수 있고, 몸을 편히 다룰 수 있어야 무언가를 하고자 하는 동기도 생길 것이다.

만약 이 감정이란 게 규칙적이고 잘 변하지 않는다면 몸이 예전보다 덜 건강하더라도 내가 원하는 대로 유지하기 수월할 것이다. 하지만 매 순간 느끼는 감정을 기록해보면 한 사람의 감정 변화라는 걸 믿기 어려울 만큼 자주 바뀌고 변덕스럽다는 것을 알 수 있다. 몸의 건강이 좋지 않으면 이 같은 감정의 변덕을 다스리기 어려워 점차 부정적인 기분의 비중이 늘어나게 된다.

물론 질병이나 어려운 경험 속에서 새로운 의미와 동기를 찾고 그것이 행복으로 이어지는 경우도 있다. 하지만 이런 과정은 책이나 영화의 감동적인 이야기만큼 깔끔하게 전개되긴 어렵다. 영화는 엔딩 크레디트와 함께 끝이 나지만, 내 일상은 여전히 아프고 불편하며 그것이 매일 반복되기 때문이다.

둘째, 부족한 건강은 선택의 폭을 좁게 만든다.

단적인 예로 몸살감기에 걸려 예정되어 있던 모임을 취소했다고 치자. 단순히 몸이 힘들어서 그런 결정을 내린 게 아니다. 즉 모임 장소까지 이동하고 그곳에 앉아있는 게 체력적으로 힘들어서뿐만이 아니라, 평소 좋았던 순간들을 현재의 몸 상태로는 즐길 수 없고, 예의 없는 질문이라든가 전에는 받아들일 수 있었던 불편들도 견디기 어려울 거라는 예상이 일조했을 것이다.

이처럼 부족한 건강은 내가 감당해야 할 문제의 총량을 높인다. 쉽게 할 수 있었던 선택도 결심이 필요한 미션으로 만들고, 점점 더 선택의 폭을 좁히게 만드는 것. 줄어든 선택은 일상에서 체감하는 통제력과 만족감을 낮추는 결과로 이어진다.

그런 의미에서 '손톱 밑의 가시'라는 격언은 몸과 마음의 관계에 대한 인사이트를 담고 있다.

손톱 밑의 가시: 손톱 밑에 가시가 들면 매우 고통스럽고 성가시다는 뜻으로, 늘 마음에 꺼림칙하게 걸리는 일을 이르는 말.

손톱 밑 가시가 마음속 가시로

신경과학과 신진대사 연구에서는 이를 생활 습관의 중요성과 연결한다. 나의 '생활 습관'과 '생물학적 기전'은 상호 영향을 미치는 일종의 공생 관계이기 때문에 평소의 건강

관리가 결국 정신 건강에도 영향을 미친다는 것이다.

'생활 습관Life style'은 식이섬유 부족, 운동 부족, 부족한 수면, 만성 스트레스, 흡연, 햇살 부족, 가공식품 섭취 등 반복되는 일상에서 일어나는 일들이다.

'생물학적 기전Biological mechanism'은 인슐린 저항성, 만성적인 염증, 장내 미생물, 빠른 노화, 신경전달물질 장애 등 유전적인 요소를 포함하여 신체에서 일어나는 물리적, 화학적 상호작용이다.

이 두 가지는 동전의 양면처럼 일생에 걸쳐 반복되면서 신체 건강Physical disease과 정신 건강Mental disease의 기초가 된다. 예컨대 어젯밤 수면의 질은 수많은 유전자 상태에 영향을 미치고, 오늘 먹은 것들은 몸에서 신경전달물질과 호르몬을 생성하고 전환하는 데 필요한 성분을 제공하며, 신체 활동의 빈도와 강도는 수십 가지 호르몬의 기능을 수정하고 심지어 장내 미생물 군집의 상태까지 변화시킨다. 그리고 이로 인한 컨디션은 내 감정에 수시로 영향을 미친다.

내가 지금 느끼는 '감정'은 유전자와 후천적 유전체 수준, 장기의 능력, 호르몬, 신경전달물질 등을 통해 발생하는 복잡한 상호 작용의 산물인 셈이다.

'행복'은 오래 연구된 주제인 만큼 마케팅 관점에서도 매력적인 키워드다. 어떤 글을 보면, 마치 내면에서 빅뱅 수준의 깨달음이 생겨야만 (혹은 그 깨달음만으로) 행복을 느낄 수 있다는 생각이 든다. 이 신기루 같은 선물을 내 삶에 들이기 위해 다양한 시도들을 하게 되고, 그 과정에서 글에 숨겨진 상품의 판매가 일어난다.

하지만 말했듯이 과학적 연구들은 더 실제적이고 의미 있는 한 가지 결론을 내린다. 행복은 단 한 번의 놀라운 순간이 아니라 '반복되는 일상의 습관'에서 비롯된다는 것.

손톱 밑 가시를 빼자

어느 날 나에게 찾아온 건강 문제는 '말끔히 낫고 다시 긍정적으로 살아갈 수 있는 삶'을 꿈꾸게 했다. 로또 당첨처럼 극적인 변화의 순간을 상상한 것이다. 그러나 그런 생각이 오히려 나를 옭아맨다는 걸 시간이 어느 정도 흐른 후에야 알았다.

나는 대신 오늘을 건강하게 살기 위해 노력하기로 했다. 식단이나 운동보다 실천하기 쉬운, 일찍 자는 것부터 시작했다. 그렇게 건강에 좋은 습관을 하나씩 늘리고, 좋지 않은 반복을 하나씩 줄였다.

시간이 흘러, 몸의 상태는 꽤 의미 있는 수준까지 회복되었다. 그리고 기분도 예전의 긍정적인 그것으로 돌아왔다. 이는 기분을 좋게 하기 위한 시도가 아닌, 단지 몸의 회복을 위해 노력한 결과였다.

만약 당신의 기분이 예전 같지 않다면, 무엇을 해도 딱히 즐거운 감정이 찾아오지 않는다면, 그것은 몸 건강의 문제와 관련이 있을 확률이 높다. 따라서 당장의 부정적 감정을 해결하기 위해 잠을 줄이며 유튜브 쇼츠를 보거나 과음을 한다면 그것은 건강을 더 악화시켜 다시 부정적인 감정을 가져오게 된다.

이런 상황에서 할 수 있는 시도 중 가장 직접적이고 효과적인 방법은 정신이 아닌 몸의 건강을 회복하는 것이라고 말하고 싶다. 해결할 수 없는 건강 문제가 있다면 해결할 수 있는 것들부터 하나씩, 몸에 좋은 아주아주 작은 습관을 조금씩 늘려보는 게 어떨까.

나는 특별한 사람이 아니기에, 나의 경험이 당신에게도 유효하리라 믿는다.

행복 말고, 회복

마치 내 몸의 모든 세포를 깨워준 첫사랑처럼 내게 강렬함을 남겼던 게임이 있다. 바로 '손노리' 제작사의 〈어스토니시아 스토리〉다. 물론 그 전에도 수많은 게임들을 했지만 〈어스토니시아 스토리〉만큼 좋아했던 건 없다. 주인공인 로이드와 일레느, 명검의 주인 핫타이크와 같은 이름들이 수십 년이 지난 지금까지 기억 속에 남아있는 이유다.

　나는 게임을 참 좋아했다. 지금 시대라면 중독 판정을 받았을지도 모르겠다. 게임 인생을 살면서 이런저런 게임을 조금씩 섭렵하던 어느 날 '머드 게임'이 등장했다. 지금의 온라인 게임 시대가 열린 것이다. 머드MUD는 Multi-user Dungeon(혹은 Dimension)의 약자로, '온라인상에서 다수의 유저들이 동시에 즐기는 게임'을 의미한다. 하지만 당시 나와 친구들은 '마치 진흙mud에 빠지듯 점점 더 매료되는' 게임으로 이해했다. 그만큼 재미있었다.

처음엔 〈한게임 테트리스〉나 〈포트리스〉와 같은 2D형 게임들이 주를 이루다가 〈리니지〉, 〈델타포스〉, 〈레인보우 식스〉와 같은 게임들이 나오면서 나를 포함한 게이머들은 눈이 완전히 돌아갔다. 모니터 속에 새로운 세상이 존재하는 것이었다. 나 말고도 살아있는 존재 말이다. 짜인 각본대로만 말하는 캐릭터들이 아닌.

대학이 인생의 전부는 아니겠지만, 그해 〈리니지〉와 같은 MMORPG(여럿이 같이 즐기는 롤플레잉 게임) 장르가 출범하면서 원하던 대학에 떨어진 이들이 꽤 있을 것이다. 그렇게 나는 〈뮤〉, 〈라그하임〉, 〈라그나로크〉, 〈프리스톤 테일〉, 〈카발〉 등의 게임에 매진했다. 종착역은 〈월드 오브 워크래프트(일명 '와우')〉였던 것으로 기억한다.

서른 살 전까지는 〈워크래프트3〉의 유즈맵인 〈카오스〉에 미쳤었고, 사회생활을 시작한 후로는 회사 동료들과 〈리그 오브 레전드(일명 '롤')〉을 하곤 했다. 롤은 실력이 낮은 유저에게 부모님의 안부와 성장 배경을 묻는 독

특한 문화가 있었다. 그 질문을 받지 않기 위해, 바쁜 일
상을 쪼개 열심히 했었더랬다.

아, 떠오르는 게임들을 나열하는 것만으로도 여러 장
면이 떠오르며 마음이 설레고 기분이 고양된다. 그만큼
게임을 좋아했다. 피시방을 차리는 꿈을 꾸기도 했다. 하
루 24시간 중 48시간 게임을 하던 시절. 인간이 되기 위
해 지나온 시간을 생각하면 돌아가고 싶지 않지만, 일면
그리운 시간임은 분명하다. 서른 중반을 넘어서면서, 이
토록 찬란했던 게임 인생도 잠정적 휴업에 들어갔다.

들떠서 서론이 너무 길어졌다. 하려던 얘기는 이것이
다. 많은 게임을 하다 보니, 여러 게임상에서 늘 비슷한
역할의 캐릭터들을 보게 된다. 그중 두 가지 대표적인 역
할을 꼽자면 '탱커'와 '딜러'다. 적을 물리치기 위해 이 두
가지 역할은 매우 중요한 상호보완성을 갖는다.

탱커의 역할은 '버티는 것'이다. 아군 진영의 최전방에
서 적들의 무자비한 매질에 두들겨 맞는 일을 한다. 동시
에 후방의 아군들이 안전하게 공격할 수 있는 기회를 마
련하는 셈이다. 그래서 탱커는 방어력과 체력의 수치를
높이는 게 중요하다. 높은 방어력은 동일한 피격에도 적
의 체력을 소모하고, 높은 체력은 더 오래 버틸 수 있는

발판이 된다.

딜러의 역할은 '공격하는 것'이다. 탱커가 만든 벽으로 인해 쾌적해진 후방에서 큰 방해 없이 공격을 하며 최대한 빠르게 벽 앞의 적들을 제거하는 것이다. 따라서 딜러에게 중요한 요소는 공격력과 민첩함이다. 공격력이 높아야 한 번의 공격으로도 더 큰 피해를 입힐 수 있고, 민첩함이 높아야 속도를 올려서 같은 시간에도 더 많이 공격할 수 있다.

이 두 가지 역할을 삶에도 대입해 볼 수 있다. 내 안에 있는 탱커와 딜러에도 서로 다른 역할이 있는 셈이다.

탱커는 매일 다가오는 일상을 살아내는 역할을 한다. 주어진 규칙 내에서 반복되는 사건들과 고난, 스트레스를 견디며 맡은 책임을 다하는 것이다. 생각해 보면 내가 시간을 향해 나아가는 게 아니다. 시간이 나에게 다가와서는 지나쳐갈 뿐이다. 그러므로 일상을 온전하게 버텨내는 것만으로도 탱커의 역할은 충분하다. 이 역할을 잘 해내기 위해서는 스트레스에 대한 내성, 기초 체력, 의연하고 담담한 태도, 주변에 크게 휩쓸리지 않는 중심이 중요하겠다.

딜러는 다가오는 일상으로부터 한 발짝 물러나서 목표

와 동기를 부여하는 역할을 한다. 크게는 가치관이나 인생의 목표일 것이고, 작게는 하루의 계획을 짜는 것이다. 그렇게 다가오는 일상이 좀 더 목표에 가까워질 수 있도록 조타기를 이리저리 움직이며 방향을 설정한다. 반복되는 일상에서의 효율을 만든다.

따라서 이 역할을 잘하기 위해서는 스스로에 대해 잘 아는 것이 중요하다. 막연하되 장기적인 목표와 실현 가능한 단기 계획을 짜는 것도 그렇다. 그 계획을 실현하는 탱커를 응원하고 독려하는 태도, 전방의 상황에 따라 방향이나 계획을 유연하게 조정하는 판단력이 필요하다.

두 캐릭터가 역할을 잘하면 시너지가 증가하겠지만, 게임을 하다 보면 그렇지 못한 상황들이 이따금 발생한다. 예컨대 탱커가 자신의 능력치를 공격력에 높게 투자해 둔 경우다. 사력을 다해 제 역할을 하려고 해봐도 낮은 방어력과 체력 탓에 오래 버티지 못하고 뻗어버린다.

반대로 체력에 '몰빵'한 딜러도 있다. 그만큼 낮아진 공격력으로 아무리 열심히 노력해도 적의 체력은 줄어들지 않고 오히려 더 많은 적이 쌓여간다. 만약 이렇게 '오래 버티지 못하는' 탱커와 '공격력이 약한' 딜러가 하나의 팀으로 던전에 들어간다면, 보스의 얼굴도 구경 못 하고 마을로 돌아올 가능성이 높다.

일상도 마찬가지다. 만약 일상의 모든 상황에서 딜러처럼 먼 목표와의 거리를 재면서 행복과 좌절을 반복하고, 정작 미래를 숙고해 볼 수 있는 시간에는 탱커처럼 우뚝 서서 흘려보낸다면 어떨까. 무료하고 빨리 지치는 일상 속에서 막막하고 모호한 삶에 다가서게 될 것이다.

게임에서 그렇듯, 삶에서도 역할에 맞는 능력치가 필요하다. 일상은 탱커의 단단함으로 버티고, 스스로를 깊이 바라볼 수 있는 시간에는 딜러가 되어 적극적인 공격을 하는 것.

이쯤에서 반전이 하나 있다.

두 역할만 잘 맞으면 완벽할 것 같지만, 막상 게임 마니아들에게 "탱커랑 딜러들 모였으니 던전 출발할게요."라고 하면 "장난하심?"이라는 답변을 받게 될 것이다. 가장 중요한 존재가 빠졌기 때문이다. 사실 아군의 후방 진영엔 딜러만 있는 게 아니다. 그의 옆에 다른 역할의 캐릭터가 서있다. 바로 '힐러'다.

힐러의 역할은 '회복하는 것'이다. 탱커의 체력이 떨어졌을 때 치유 스킬을 발동하여 그것을 다시 채워준다. 이로 인해 많은 적들의 공격에도 탱커가 더 안정적으로 오래 버틸 수 있다. 생각해 보라. 아무리 방어력과 체력이 높은 탱커인들, 언젠가는 그것이 바닥나서 쓰러지고 만다. 탱커가 쓰러지면 당연히 적들이 후방으로도 밀고 들어오겠지. 그러면 딜러는 어? 아? 하다가 그 무리에 밟혀 죽을 뿐이다. 그냥 멸망이다.

특히 고레벨의 거대 몬스터를 잡으려면 굉장히 오랜 시간을 들이며 버텨야 한다. 심지어 몬스터의 태산 같은 몽둥이질 한 방에 탱커의 거의 모든 체력이 바닥나기도 한다. 이때 힐러가 "치유의 빛!"이라며 그것을 다시 가득 채워주는 것이다. 작고 하찮은 인간 무리를 얕봤던 몬스터가 적잖이 당황하기 시작한다. 그 순간 딜러들이 공격을 퍼붓는다. 그런 순간이 반복되면서 보스 몬스터의 체력은 점차 바닥을 향해간다. 그래서인지 힐러의 중요성은 레벨이 오를수록 증가한다.

삶에서도 마찬가지다. 생의 초반부에는 많은 것들을 직접적으로 겪고 이겨내는 탱커의 역할이 중요하다. 하지만 점차 성인이 되면서 나의 기호와 가치관이 생기고 딜러의 역할이 부각되기 시작한다. 그렇게 하나의 인격이 영글고 나면 가장 중요한 역할은 힐러가 된다. 숨 돌릴 틈 없이 고난이 몰려들 때, 감당하기 어려운 사건을 맞닥뜨

렸을 때, 오래도록 준비한 일이 실패했을 때, '치유의 빛'을 쓸 수 없다면 아무리 강한 탱커와 딜러가 있더라도 무너질 수 있기 때문이다.

스스로 회복하는 능력. 심리학에서는 이를 '회복탄력성'이라고 부른다.

회복탄력성이 높은 사람의 특징

"이제 어떡해요?"

"다시 해야지, 뭐."

"이걸요? 시간이 너무 부족한데……."

"하다 보면 의외의 답이 찾아지기도 하니까."

박 선배는 꽤 막막해 보이는 일들도 쉽게 받아들이곤 했다. 누구나 좌절할 만한 상황조차 그에게 다가서면 '그리 큰일 난 것은 아닌, 받아들일 수 있는, 해결할 방법이 있는' 일들이 되었다. 도저히 해결할 요량이 없는 역경조차 '최악은 피할 수 있는, 의미를 얻을 수 있는' 상황으로 바뀌었다. 그는 하늘이 무너져도 가장 소중한 것을 마지막까지 붙잡을 수 있는 사람이었다. 그렇게 보였다.

당시엔 박 선배의 나이가 나보다 많아서라고 생각했는데, 그의 나이를 지나도록 오랜 시간이 지나보니 이건 단순히 연륜의 문제가 아니었다. 따져보면 그가 항상 능숙하고 효율적으로 문제를 해결했던 것 같진 않다. 그저 상황을 현실로 받아들이고 해결할 방법을 찾은 후 그것을 실행에 옮길 때까지 걸리는 시간이 굉장히 짧았다.

그 과정엔 내게 없는 어떤 장치가 있었다. 자신에게 일어난 일이 아닌 것처럼 바라보는 듯한, 충격을 흡수하는 기능을 가진 신기한 장치. 그래서 개인적 어려움이든 난이도 높은 업무 상황이든 다음 스텝으로의 전환이 빨랐던 것이다.

시간이 흐른 후 그가 갖고 있던 장치의 정체를 알게 되었다. '회복탄력성'. 박 선배는 회복탄력성이 높은 사람이었다.

인생의 전반적인 관점에서는 삶의 목적이나 계획, 행복과 같은 것들이 중요하겠지만, 일상에서 가장 중요한 것은 '회복'이라고 해도 과언이 아니다. 반복적이든 아니든, 예상을 했든 못 했든, 일상에서는 순탄치 않은 일들이 늘 발생하기 때문이다.

이 역경의 순간들은 마치 내가 편히 하루를 보내는 꼴은 보기 싫다는 듯 변칙적이고 집요하게 다가와 이곳저곳 어지른다. 그 장면을 때론 망연자실하게 바라보기도 하고, 더러는 눈을 감기도 하며, 어쩌다 정신을 바짝 차리고 문제를 해결하기도 한다.

이처럼 어려운 상황을 겪었을 때 다시 본래의 상태로 돌아오는 힘을 '회복탄력성'이라고 한다. 똑같은 역경을 겪어도 회복탄력성이 낮은 사람은 실의와 좌절에서 빠져나오지 못하거나 보통의 일상으로 돌아오는 데 오랜 시간이 걸리는 반면, 높은 사람들은 빠른 시간 안에 문제를 해결하거나 극복하곤 한다.

이들은 어떻게 그럴 수 있는 것일까?

네 가지 특징을 살펴보자. 기억 속 선배와 비교하며.

1) 긍정적인 예측

회복탄력성이 높은 사람은 삶에 대해 보다 낙관적인 태도를 가지고 있으며, 스스로에게 어려움을 극복할 수 있는 능력이 있다고 믿는 경향이 있다. (약간 꼬아서 말하자면) 또렷하게 보는 것보다 희미하게 보는 경향이 강하고,

자신에 대해서도 일단 좋게 평가한다는 것이다. 왠지 꼼꼼함을 요하는 업무에는 어울리지 않을 것 같은데, 박 선배를 떠올려 보면 딱히 일을 휘뚜루마뚜루 하지도 않았다. 심지어 꽤 꼼꼼했다. 그러니 이는 '판단'보다는 '태도'에 가까운 특징일 것이다.

박 선배가 정말 자주 하던 말이 있었는데 "(따져보면) 못 할 건 없다."라는 말이다. 그는 자신이 잘하지 못하는 것, 예컨대 갑자기 많은 사람들 앞에서 중요한 발표를 해야 한다거나 물리적으로 도저히 시간 내에 할 수 없는 클라이언트의 요구사항을 받았을 때, 걱정부터 앞세우는 나와 달랐다. 못 할 게 있겠냐며 할 수 있는 일을 하거나 더 중요한 게 무엇인지 따져보곤 했다.

박 선배가 자주 하던 또 다른 말이 있다.

"하다 보면 결국 되더라고."

2) 적응력

회복탄력성이 높은 사람은 변화하는 환경에 어렵지 않게 적응할 수 있고 새로운 사고방식에도 개방적이다.

나는 환경 변화에 민감한 편이다. 그래서 중요한 일일수록 더 많이 준비하고 연습하며 발생할 수 있는 변수들을 최소화시킨다. 자주 머무는 장소, 예컨대 사무실 책상의 경우도 내가 생활하기 좋은 환경으로 세팅하기 위해 긴 시간 공을 들인다. 그래서 갑작스러운 변화나 예기치 못한 상황을 마주하면 오일 호스가 빠진 엔진처럼 뚝딱거린다.

사무 공간만 본다면 박 선배의 경우도 크게 다르지 않았다. 자신이 아끼는 물건을 배치해 둔다거나 업무 효율을 높기 위한 여러 장치를 둔다. 하지만 그 공간이 갑작스레 침해를 당한다거나 완전히 새로운 환경에 놓여도 그는 빠르게 받아들이고 새로운 장면의 일부가 되곤 했다.

박 선배와 나의 차이는 익숙하지 않은 것들을 받아들이는 마음에 있다고 볼 수 있다. 혹은 받아들이기 위한 노력. 이는 기존의 것들을 예측 가능한 온전한 상태로 유지하고자 하는 태도와도 닿아있다. 이 차이가 적응력에 영향을 미친다.

3) 감정 조절

회복탄력성이 높은 사람은 자신의 감정을 효과적으로 조절할 수 있다. 그래서 문제에 직면했을 때 침착하다. 본연의 집중력을 안정적으로 유지할 수 있다.

이는 감정이 없다거나 자신에게 무디다는 의미가 아니다. 한번은 회사에서 고대했던 입찰 건이 사소한 이유로 무효 처리가 된 적이 있었다. 그것을 오랜 시간 준비했던 박 선배는 다른 팀원들과 마찬가지로 망연자실한 상태가 되었고 충분히 고통스러워했다. 하지만 가장 먼저 태도를 정비한 사람도 그였다.

"똥 밟았다고 생각하고, 오늘은 맛있는 거 먹자. 내일 방법을 찾아보자."

감정은 존재한다. 다만 박 선배는 그것이 머무는 시간을 조절할 수 있었다. 부정적인 감정에 기대어 시간을 흘리기보다는 '꼭 이렇게까지 힘들어할 필요가 있을까'라고 되짚는 태도가 그에겐 있었다.

박 선배를 필두로 한 노력에도 그 입찰 건의 문제는 해결하지 못했다. 하지만 당시에 수립해 둔 체계로 인해 다시는 동일한 문제가 발생하지 않았다.

4) 문제 해결 능력

회복탄력성이 높은 사람은 문제 해결에 능숙하며 직면한 문제에 대한 창의적인 해결책을 찾을 수 있다.

앞의 특징들을 모아보면 그 이유를 알 수 있다. 긍정적인 예측을 하고 빠르게 적응하며 감정 조절이 가능하니, 눈앞의 문제를 해결할 방법을 찾아볼 에너지도 많이 남아 있는 셈이다.

박 선배도 그랬다. 더 좋은 해결책을 찾아내곤 했다. 이따금 그것이 오답에 가까울 때도 있었다. 그러면 다시 더 나은 방안을 찾았다.

박 선배 같은 사람을 보고 있자면 '그냥 저렇게 타고난 사람이 있지. 나랑은 달라'라고 생각하게 되고 만다. 맞다. 그런 사람이 있다. 능력이 좋고 유연하며 예기치 못한 상황이나 역경에도 크게 휘둘리지 않는 담대한 사람. 심지어 인격도 좋아서 주변의 호의를 사는 인물. 내가 도달하기엔 너무나 멀어 보인다.

나는 박 선배가 될 수는 없다. 정확히는 박 선배가 될 필요가 없다. 사람의 모양이 저마다 달라서다. 내가 가진 좋은 면들도 있다. 다만 그처럼 회복탄력성을 높여둔다면, 그 장치를 나에게도 들인다면, 어려운 상황에서 좀 더 수월하게 손을 짚고 발을 뻗으며 나아갈 수 있을 것이다.

어떻게 하면 회복탄력성을 높일 수 있을까. 느낌적으로 되질 않는데 막연하게 긍정적 예측을 하거나 감정 조절을 할 수도 없는 노릇이다. 다행히도 찾아보면 그 방법이 꽤 많은 편이다. 그중 당장은 아니지만 점진적으로, 회복탄력성을 높일 수 있는 네 가지 방법을 추려봤다.

1) 멍 때리기

갑자기? 멍을 때리라니 이게 뭔 맥락 파괴적 발언인가 싶겠지만, 역경 속에서 뭔가를 때려야 한다면(?) 멍만큼 좋은 게 없다. 뇌를 쉬게 하면 회복탄력성에 긍정적인 영향을 주는데, 멍 때리기는 그것을 단번에 실현할 수 있는 가성비 갑 방법이기 때문이다. 다음은 우리가 멍을 때릴 때 일어나는 일들이다.

뇌의 재충전: 일상은 끊임없는 자극과 스트레스로 인해 뇌가 쉴 수 있는 시간이 부족한데, '멍 때리기'는 뇌가 과부하에서 벗어나 회복할 수 있는 기회를 준다.

DMN 활성화: 뇌의 '디폴트 모드 네트워크Default Mode Network, DMN'는 오로지 멍을 때릴 때만 활성화되는 신비로운 부위다. 스트레스 회복과 정서적 안정에 탁월하며 최근 연구 결과에 따르면 회복탄력성에도 긍정적 영향을 미친다고 한다.

집중력 회복: 멍을 때리는 것만으로 고갈되었던 집중력이
회복된다.

멍을 때리라고 하면 왠지 모르게 저 멀리 바다 위 햇살
이 스미는 테라스에서 심리스한 옷을 입고 누워있는 모습
이 떠오를지도 모르겠다. 혹은 고요한 캠핑장에서 홀로
춤추는 모닥불을 바라봐야 한다거나.

전혀 그렇지 않다. 어디서든 하는 것이, 하지 않는 것
보다 낫다. 지금, 한번 해보자. 스마트폰을 놓고 눈을 감
는다. 호흡을 길게 늘인다. 떠오르는 생각을 하나씩 물린
다. 계속 떠오를 것이다. 천천히 계속 흘려보낸다. 주변
이 소란스럽다면 이어폰을 끼고 잔잔한 음악을 재생하는
것도 좋겠다.

개인적으로 밤에 자려고 눕기 전에 잠시 앉아서 시간
을 갖는 게 가장 효과적인 듯하다. 요는 내가 이 시간을
통해 뭔가 얻으려 하지 않는 것이다. 그저 되도록 별생각
을 안 하면서 멍하니 숨을 골라 쉬는 것만으로 충분하다.
운동에 비하면 어려운 것도 아니니 하루 중 이런 시간을
늘려보자.

2) 사회적 지지

"사회적 지지를 넓히세요."

사실 이 말은 나에게 반가움보다 저항감을 먼저 갖게 한다. 반드시 넓은 관계망을 가지는 게 중요하다고 생각하지 않기 때문이다.

하지만 회복탄력성에서 말하는 사회적 지지는 많은 양을 말하는 게 아니다. 적더라도 질적으로 의미가 있어야 한다. 나를 진심으로 지지하고 응원하며 존중하는 상대가 있는지를 의미한다. 나 역시 큰 에너지를 들이지 않고도 위로와 응원을 할 수 있는 사람.

심리학자 로저스C.Rogers는 '무조건적 존중Unconditional regard'이라는 개념을 만들었다. 이는 상대방의 감정이나 사고, 행동을 판단하거나 평가하지 않고 있는 그대로 받아들이는 태도를 의미한다. 상대방이 어떤 문제를 갖고 있거나 어떤 잘못을 저질렀어도 상관없이 무조건적으로 그를 귀중한 존재로 여기는 것이다. 상담 장면을 예로 든다면, 무조건적인 존중을 받는 내담자는 자신의 경험과 감정을 성공적으로 바라보고 문제의 해법을 찾을 수 있게 된다고.

다시 말해, 나에게 무조건적 존중을 해줄 수 있는 사

람이 한 명이라도 있다면 성공한 인생이라고 할 수 있다. 반대로 내가 무조건적인 존중을 해줄 수 상대가 있다면, 나는 누군가의 인생을 성공으로 이끈 사람이라고도 볼 수 있다. 내 주변에 무조건적 존중을 해주는 사람이 있다면 그와의 대화를 소중히 여기고 나 역시 그럴 수 있어야 한다.

3) 문제 해결 연습하기

역경은 미리 연락하고 찾아오지 않는다. 내가 대비하고 있을 때는 잠잠하다가 예기치 못한 상황에 들이닥친다. 혹은 '그럼 그렇지'라고 생각할 만큼 원치 않는 상황에 반복적으로 다가온다. 문제를 해결하기보다 그것에 범람당하는 이유다.

대비하는 것도 중요하지만 더 중요한 것은 연습이다. 당하기보다 해결을 하려면 연습이 필요한 셈. 쉽게 접근할 수 있는 퍼즐이나 수수께끼와 같이 문제 해결이 필요한 활동을 통해 '문제 해결력'을 키울 수 있다. 이것은 문제 해결에 집중하는 근육을 키우는 일이기도 하지만, 문제 그 자체를 우선순위에 따라 분해하고 논리적으로 접근하는 태도를 높이는 일이기도 하다.

애들이나 하는 걸 왜 하냐고 생각할 수 있지만, 그 '애들'일 때 제대로 연습하지 않아서 성장하지 못했거나 혹은 너무 오래도록 방치해서 능력이 퇴화한 것이다. 연습하지 않으면 쌓이지 않는다. 작은 과제부터 시작하면 어려운 과제까지 해볼 수 있다. 박 선배는 '일상에서 겪게 되는 크고 작은 일들을 게임이라고 생각한다'고 했다. 그것을 클리어하는 재미가 있다고.

4) 건강한 신체 만들기

앞서 이미 했던 얘기지만, 다시 언급할 만큼 중요하다. 위의 어떤 방법들보다 중요하다고도 볼 수 있다. 건강한 신체가 건강한 정신을 견인하는 건 이미 수많은 연구를 통해 증명됐다. 건강 관리를 하지 않으면서 멘탈 컨디션이 좋길 바라는 건 비바람 속에서 옷이 마르길 기다리는 것과 비슷하다.

건강, 신체, 이런 단어를 들으면 헬스장부터 끊어야 할 것 같고, 이번 주는 바쁘고 약속도 많으니 다음 주부터 하면 되겠다고 생각한다. 혹은 이 모든 복잡한 일들이 끝나면 바로 시작해야겠다고.

하지만 숱한 경험이 이미 그 답을 말해줬다. 그 좋은

날은 오지 않는다는 것. 그러니 대단한 시작이 아닌 작은 반복을 일상에 녹여내며 조금씩 축적하는 게 더 실현 가능한 방법일 것이다. 오늘 당장 일찍 잠에 드는 것. 한 끼라도 건강하게 먹는 것. 그런 작은 관심들이 쌓여 몸을 움직이고 체력까지 단련하게 된다.

회복탄력성은 초능력처럼 한 번의 특별한 경험을 계기로 뽕 생기는 것이 아니다. 근육처럼 지속적으로 사용해야 강해진다. 그러니 만약 내 일상의 컨디션이 좀 더 나아지길 원한다면, 그 무엇보다 잘 갖춰야 하는 게 위의 네 가지일 것이다. 물론 이것들은 도달해야 하는 기준이나 조건이 없다. 그저 내가 노력하면, 그만큼 더 탄력적인 회복을 할 수 있게 된다. 그러니 제발, 아끼지 말자. 오늘부터 힐러를 키우자.

본질에 다가서는 일

"좋다. 이참에 누가 더 센지 결정하자!"

먼 옛날, 들짐승과 날짐승 사이에 무서운 싸움이 벌어졌다. 서로가 더 세다고 우기던 차에 일어난 일이다. 박쥐는 어느 편에 서야 할지 난감했다. 날개가 있지만 부리가 없고, 다리가 있지만 땅에서 살 수 없기 때문이다.

박쥐는 날짐승의 왕인 독수리를 먼저 찾아갔다.

"독수리님, 이 날개를 좀 보세요. 저도 날짐승이랍니다. 함께 싸우게 해주세요."

독수리는 박쥐를 가만히 살펴보더니 대답했다.

"넌 부리도 없고 알도 못 낳잖아. 들짐승 주제에 어딜

감히 여길 와?"

날짐승들은 박쥐를 내쫓았다. 박쥐는 들짐승들에게 갔다. 그들의 왕인 사자에게 말했다.

"사자님, 저를 보세요. 쥐와 닮았지요? 그러니 들짐승이랍니다. 저도 같이 싸우게 해주세요."

사자가 박쥐를 보더니 대답했다.

"장난해? 날개가 있으면 당연히 날짐승이지."

들짐승도 박쥐를 무리로 들이지 않았다.

두 집단 모두에게 배척당한 박쥐는 어두컴컴한 동굴 속으로 숨어들었다. 그리고 밤에만 돌아다니게 되었다.

박쥐는 모르는 사실

박쥐는 세상 사는 게 참 퍽퍽하다. 별스러운 생김새 때문이다. 날짐승이나 들짐승 무리에 껴보려 애쓰지만 딱히 환영받지 못한다. 그들의 시선은 뭐랄까. 불쾌나 연민을 숨기고 있는 것만 같다. 예로부터 전해진 이야기도 한몫한다. 그 덕에 세상은 '박쥐 같다'라는 표현까지 만들어서 사용하고 있다.

박쥐 같다: 자신에게 유리한 것만 따져서 선택한다

비슷한 표현으로 '철새 같다'가 있는데 뉘앙스가 조금 다르다. 철새는 이리저리 쉽게 옮기는 행동을 비하하는 것이고, 박쥐는 주로 대치 중인 관계에서 자기 이득만을 취하려는, 소위 기회주의자를 빗댈 때 사용한다.

그런데 박쥐가 모르는 게 있다. 자신의 특별함 말이다. 날개가 있지만 조류가 아니고, 이름에 쥐가 있지만 설치류에 해당하지 않는다. 그는 새처럼 날아다닐 수 있는 세상 유일한 포유류다.

심지어 대부분의 새보다도 비행을 잘한다. 새들은 벌새와 같은 특수한 종을 제외하면 정지 비행은커녕 착륙도 잘 못해서 둥지로 날아오다가 자신의 알을 깨먹곤 하는데, 박쥐는 부드러운 피막 형태의 날개 덕에 섬세하고 다양한 비행이 가능하다.

습성도 알려진 이미지와 다르다. 철새는 소문대로 이곳저곳을 이동하지만 정작 박쥐는 그런 짓을 하지 않는다. 음습하고 어두운 동굴의 천장에 붙어 대부분의 시간을 보내고, 밤엔 조용히 나와 곤충과 열매를 먹을 뿐이다. 딱히 주변에 해악을 끼치지 않는다.

오히려 엄청난 유익을 가져다준다. '박쥐는 자연이 낳

은 가장 강력한 살충제'라는 표현이 있다. 미국 텍사스 주 브라켄 동굴에 사는 2,000만 마리의 박쥐 무리는 하룻밤 사이에 200톤의 곤충을 먹어치운다고 한다. 한 시간에 홀로 1,000마리의 모기를 잡아먹는 종도 있다. 심지어 박쥐는 배설물도 비료부터 음식까지 그 활용도가 높다.

이런 역할들 덕에 박쥐가 농업 분야에 기여하는 가치는 북아메리카 지역에서만 연간 50조 원에 이른다. 인류의 진화에 통찰력을 주는 영장류, 산소를 만들어내는 식물 플랑크톤, 지구의 청소부 곰팡이, 꽃가루를 옮기는 벌과 함께 '지구에서 사라져서는 안 되는 다섯 가지 동식물'에 포함되는 이유다.

하지만 옛 이야기 속 박쥐는 이런 자신의 본질을 뒤로하고 그저 날짐승과 들짐승 무리에 편승하기 위해 치열하게 애쓸 뿐이다. 하지만 마음처럼 되지 않는다. 그들에겐 있고 자신에게 없는 것들이 너무 많아서다. 비상한 비행 능력도, 강력한 살충 파워도 그들과 어울리는 데는 그다지 도움이 되지 않는다. 박쥐라면 분통하다가 슬프고, 억울하다가 막막해지는 감정을 겪을 것이다. 그것은 매일 반복된다.

어쩌면 박쥐는 펭귄까지도 부러워할지 모른다. 그들

의 날개는 흉측하게 크지 않고 매끄럽게 빠져있다. 부리도 있어서 날짐승(조류)에 소속되어 있는데 심지어 땅 위를 걸어 다닐 수도 있다. 생김새부터 출신까지 부러운 것 투성이인 존재다. 박쥐는 펭귄처럼 되기 위해 매일 새벽 동굴을 나가 날개를 옆구리에 꼭 붙이고 지면을 걸어 다닌다. 누군가 이 날개를 자르고 꿰매준다면 고마워할지도 모른다. 최근엔 펭귄의 부리를 갖기 위해 이빨까지 뽑고 있다는 소문이.

자신의 본질에 대해 아는 것

타인과의 비교는 일면 자극적이고 때론 달콤한 일이다. 내가 더 나은 면이 있다면 기분이 고양되는 게 사실이고, 부족한 면이 있다면 노력의 계기가 된다. 하지만 이는 나의 본질이 먼저 존재하고 그것을 잘 파악했을 때의 이야기다. 그렇지 않다면 타인과의 비교는 결국 나를 망가뜨리게 된다. 아무리 좋은 모습과 실력을 갖춰도 나보다 나은 사람은 항시 존재하기 때문이다. 세상은 잘할 때나 못할 때나, 컨디션이 좋을 때나 그렇지 않을 때나 '지금의 나'를 평가할 것이다. 과거의 내가 어땠는지는 궁금해하지 않는다. 따라서 나는 늘 누군가보다 못한 존재이며, 그를 쫓아야 하는 숙제를 안게 된다. 그리고 끝이 없이 반복된다.

이처럼 오랜 시간 타인과의 비교에만 집중해 온 사람에겐 한 가지 특징이 있다. 자신에 대해 잘 모르는 것이다. 심지어 주변에서 입을 모아 칭찬하는 모습조차 받아들이지 않는다. '(○○에 비하면) 내가 얼마나 부족한지 모르고 하는 말'이라고 여기는 것이다. 이것은 겸손이 아니다. 괜찮은 나를 낮추는 게 아니라, 실제로 낮게만 보고 있기 때문이다.

"당신의 본질은 무엇인가요? 그것은 일상에서 어떤 모습으로 존재하나요?"

만약 이 질문의 답이 쉽게 떠오르지 않는다면, 당신 역시 박쥐의 처지와 크게 다르지 않을 확률이 높다. 존재 가치를 날짐승이나 들짐승으로부터 찾고 있는 것이다.

만약 위의 박쥐처럼 살고 싶지 않다면 '자아 인식Self-awareness'이라는 개념을 기억할 필요가 있다. 이는 '주변의 인간이나 물체, 환경으로부터 자신의 존재를 구별하고 이해하는 능력'을 뜻하는데, 인간은 만 두 살 무렵부터 자아인식을 갖기 시작한다. 내가 독립적이고 고유한 존재라는 것을 깨닫는 과정이다.

아동기에 접어들면서 자아 인식은 더 높은 경지에 이른다. '공적 자아(다른 사람 사이에서 보이는 자기의 모습)'와 '사적 자아(혼자 있을 때의 자신의 모습이나 혼자만 알고 있는 자신의 특성)'를 구분할 수 있게 되는 것이다. 즉, 다른 사람들과 있을 때의 내 모습은 나의 일부일 뿐이며, 다른 사람이 존재하지 않아도 고유한 특성을 갖고 있다는 사실을 알게 된다. 이 굉장한 깨달음은 아동기의 모든 인간에게 주어진다. 그런데 놀랍게도, 성인이 되면서 잊고야 만다.

박쥐가 잃어버린 본질은 '사적 자아'에 해당한다. 자신의 가치를 오로지 '공적 자아'에서만 찾으려고 하고 있다. 그의 일상이 이유를 알 수 없이 불만족스럽고 불안하며 이를 극복하기 위한 갖은 노력에도 더 공허해지는 이유다.

문제는 이렇게 공적 자아만 집중하는 인물이 성공의 궤도에 올랐을 때 더 커진다. 그는 주변의 환대에 드디어 가치를 가진 존재가 되었다고 생각할 것이다. 하지만 실제로 처한 상황은 오히려 그 반대다. 존재 가치가 본격적으로 타인에 의해 결정되는 상황에 놓인 것이기 때문이다. 이제 자신의 그 가치가 무너지지 않도록 지키기 위한 시간만이 남는다. 그런데 여간 쉽지 않다. 왜냐하면 내가 아무리 잘 지켜도 그것을 좌지우지하는 건 타인이기 때문이다. 누군가의 사소한 말 한마디에도 울고 웃는 일이 빈번해지고, 위기감에 밤잠을 설친다. 혹여 그 궤도에서 이탈하면 도무지 겪어본 적 없는 좌절이 찾아오고야 만다.

따라서 자아 인식을 잘하는 건 매우 중요하다. 잘 형성된 자존감의 원천은 뛰어난 능력이나 부에서 비롯되는 게 아니라 두 가지 자아에 대해 얼마나 잘 알고 있는지에 있다. 특히 내 본질에 해당하는 사적 자아를 잘 알고 그것을 공적 자아와 잘 분리할수록 더 그렇다. 정말이지 '안다, 모른다'의 영향이 가장 크다. 그렇다면 알아낼 필요가 있지 않은가.

사적 자아를 알아내는 방법

사적 자아를 알아낸다는 건 스스로도 별것 아닌 모습들에 억지로 가치를 부여하고 기뻐하며 정신 승리를 하는 게 아니다. 결점만 쏙쏙 뽑아서 나의 분수를 알자는 의미는 더더욱 아니다. 긍정적인 방향이든, 부정적인 방향이든 어느 한쪽에 치우치지 않고 그저 나에게 존재하는 사실들을 선명하게 아는 것이다. 천천히 생각하면서 나의 본질, 예컨대 타인의 기준이 아닌, 내가 스스로 의미 있게 여기는 것, 내 삶을 좀 더 이롭게 만드는 능력과 재주들, 기분 좋아지는 순간 등을 따져보고 선별한다.

사적 자아를 찾는 방법이나 계기는 저마다 다르겠지만, 나의 경우 아래의 방법이 효과적이었다. 뭔가 정해진 순서에 따라 하고 싶다면 참고해 봐도 좋겠다. (스티븐 코비Stephen Covey 박사와 '프랭클린 플래너'의 사명서Mission Statement 작성법 일부를 참고했다.)

〈사적 자아 찾기〉

1. 이것을 하는 목적은 우선순위를 찾기 위함이다.

2. 이 과정에서 모든 기준을 나에게 두어야 한다. 일, 가족, 친구 등 모든 일로부터 마음을 비우고 오로지 나에게만 집중하는 시간이다. 고로 조용한 장소에서 충분한 시간을 갖고 하는 게 좋다.

3. 아래의 각 질문에 대한 내용에 해당하는 것들을 최대한 많이 적는다. 반드시 10개 이상 적는다.

   • 일상에서 나를 기분 좋게 만드는 순간들

   • 만약 오늘부터 하루에 하나씩 기억이 사라진다면 마지막까지 남기고 싶은 기억들

- 무제한의 시간과 돈이 주어진다면 하고 싶은 것들
- 내 장례식에 온 가족, 친구, 동료들이 나에 대해 어떤 말을 하면 좋을지
- 신에게만 말하고 싶은 나 (특징, 능력, 결점 등)

4. 혹여 더 적어보고 싶은 주제나 질문이 있다면 정하여 적는다.

5. 다 적었다면 이제 추릴 차례. 각 질문에 대한 답변을 3개씩 고르고, 그 안에서도 중요한 순서를 정해본다.

6. 추려진 15개의 내용은 곧 나의 본질을 나타내는 정보라고 할 수 있다. 이를 바탕으로 나에 대한 하나의 문장을 만들어보자. (만약 잘 떠오르지 않는다면 내 묘비명이라고 생각해 보는 것도 방법이다.)

사적 자아를 찾는 과정은 마치 공룡의 화석을 발굴하는 것처럼 집중력이 필요할 수 있다. 하루아침에 끝나기는 어려울 것이다. 지금껏 따져본 적이 없다면 더더욱 그렇다. 그러니 당장 떠오르지 않는다고 해서 조급해하지 말고 조금씩 천천히 기록해 보자. 사적 자아를 모두 작성한 후 공적 자아를 작성하면 된다.

혹여 아무리 생각해도 타인의 평가로 얻는 기쁨만 떠오른다면, 그런 조건들을 공적 자아에 두고 사적 자아에

는 '인정 욕구가 큰 사람'으로 적어둘 수 있다. 또한 한 번 더 파고들어 '더 많은 사람의 관심'이나 '내가 중요하다고 생각하는 사람의 칭찬'과 같이 더 구체적으로 적는 게 좋다. 이렇게 구분해 두면 누군가의 부정적인 평가로 인해 좌절하기보다는 오히려 그 경험을 크게 느끼는 나를 이해하고 위로할 수 있을 것이다.

나아가 일상에 '사적 자아를 위한 시간'을 구성하는 것이 좋다. 가족들과, 혹은 혼자만의 시간을 보내는 것이다. 사적 자아로 즐거운 시간을 보내기 위해 공적 자아를 이용하는 사람들은 그 내면이 단단해서 흠집을 내기 쉽지 않다. 참고로 잘 형성된 자아 인식은 자존감을 지켜줄 뿐만 아니라 회복탄력성에 있어서도 매우 중요한 요소라고 한다. 일타쌍피인 것이다. 하지 않을 이유가 없다.

박쥐는 모르는 사실 2

포유류 중에서 박쥐 말고도 특이한 존재가 있는데 바로 고래다. 바다에 살지만 어류가 아니고, 물속에서 숨을 쉬지도 못한다. 알이 아닌 새끼를 낳아야 하는데, 이는 새끼가 숨을 쉴 수 없는 곳에서 태어난다는 의미이기도 하다. 덩치도 필요 이상으로 커서 물속을 나갔다간 중력을 이기지 못하고 죽고 만다.

하지만 고래는 대부분의 물고기가 이르지 못하는 심해를 유영한다. 그곳의 어떤 생명체도 쉬이 대하지 못하는 존재로서, 바다 생태계의 균형을 조절하는 영물이 됐다. 지구 어딘가에는 자신의 한계를 고유한 가치로 만들어 살아가는 이들이 있다.

마지막으로, 박쥐가 모르는 사실이 하나 더 있다. 자신이 어떻게 태어나는지 말이다.

박쥐의 출산 과정은 상상을 초월한다. 어미가 거꾸로 매달린 상태에서 새끼를 낳기 때문이다. 딱히 돕는 이도 없이, 천장을 두 발로 움켜쥐고 중력의 반대 방향으로 새끼를 밀어내야 한다.

마치 꽃봉오리가 열리듯 빨간 새끼가 모습을 드러내고 아주 천천히 밀려 나온다. 그렇게 긴 시간 애를 쓴 후에야 새끼의 몸이 완전히 빠져나온다. 거기서 어미의 몫이 끝난 건 아니다. 자칫 잘못하면 소중한 생명이 저 아래 바닥으로 떨어져 버리기 때문이다. 이미 사력을 다했지만 남은 생명력을 쥐어짜서 새끼를 날개로 받는다. 그렇게 한 생명을 온전히 감싸 안은 후에야 안도의 숨을 내쉰다. 이 모든 과정은 어미 혼자 이뤄내는 일이다.

만약 박쥐가 자신이 태어나는 과정을 보았다면, 날짐 승과 들짐승 두 무리의 기준으로만 스스로를 평가하진 못할 것이다. 박쥐에 대한 세간의 부정적 편견들 따위 가볍게 무시했으리라.

스스로 알고 있기 때문이다. 들짐승에겐 없는 날개로 하늘을 날 수 있다는 것을. 날짐승에겐 없는 섬세한 귀로 소리를 듣고 이빨로 음식을 씹어먹을 수 있다는 것을.

그 어떤 존재보다 숭고하게 태어났다는 것을.

바로 지금, 고독할 시간

숲속을 걸어가고 있는데 곧 공격을 해올 것 같은 포악한 곰과 만났다고 상상해 보자. 그 순간 우리의 뇌는 더 이상 그날 저녁에 무엇을 먹을 것인지, 집세를 어떻게 낼 것인지를 걱정하지 않는다. 뇌는 오로지 한 가지에만 집중한다. 위험. 우리는 곰의 모든 움직임을 추적하고, 우리의 정신은 곰에게서 멀어질 방법을 살피기 시작한다. 우리는 매우 각성한 상태가 된다.

_ 요한 하리, 《도둑맞은 집중력》(어크로스) 중에서

만약 위와 같은 곰의 공격이 일상에서 발생하고 있다고 가

정해 보자. 일주일에 세 번씩 난폭한 곰이 동네에 나타나 사람들을 덮치는 것이다. 이런 위험 상황이 되면 사람들은 '과각성Hypervigilance'에 빠지게 된다고 한다. 절대 곰이 나타나지 않는 시간에도 위험 요소를 찾기 시작하는 것이다. 그것에 초점을 맞추느라 일상에서 실제로 일어나는 일들을 제대로 보고 느끼지 못한다. 이는 지능이나 주의력에 문제가 생긴 게 아니다. 그저 초점이 위험에 가있을 뿐이다. 심지어 과각성 상태는 불면에도 직접적인 영향을 미친다. 이 역시 기능 문제가 아니다. 우리의 몸이 위험 상황이라고 느끼고 있기 때문에 발생하는 적응 형질인 것이다.

생각해 보면 당연한 일이다. 만약 어딘가에 곰이나 사자가 있는데 눈앞에 있는 일들에만 몰입을 한다면 난데없는 앞발 스매싱에 당할 수 있기 때문이다. 처한 환경 전체를 고루 경계하며 위험의 단서를 찾는 게 맞다. 따라서 이모든 문제에서 벗어나려면 근본적 원인인 '곰'을 해결해야 한다. 그 '위험'이 없어야만 일상에서 의미있는 순간들을 제대로 포착하고 느끼며 살아갈 수 있는 것이다. 스스로 안전하다고 느낄 수 있는 환경이어야 한다.

하지만 대한민국에 사는 우리가 일상에서 곰을 만나 죽게 될 확률은 로또 당첨 가능성보다 낮을 것이다. 그렇다면 곰을 다른 존재로 바꿔보자. 스트레스. 이 무한경쟁 사회의 생존 과정에서 발생하는 스트레스로 말이다.

그것은 나에게 늘 이전보다 큰 역할과 책임을 요구한다. 가령 직장 상사나 선생님은 내 사정을 헤아리지 않고 어디선가 노려보고 있다. 성적이든 연봉이든, 하나 이상의 숫자가 나에게 쉴 자격이 없다고 말한다. 내가 잠시 안도하는 순간에도 세상의 수많은 경쟁자들은 더 높은 곳을 향해 올라가는 것만 같다. 마치 저 아래에서 뜨거운 용암이 차오르기라도 한다는 듯 말이다. 이런 피로도는 주변의 다른 사람들도 동일하게 갖고 있다. 그런 고된 장면들은 나의 지쳐가는 하루를 더 무겁게 만들기도 한다. 나를 잘 모르는 이는 도무지 이해할 수 없는 말과 행동으로 곤란함을 주고, 나를 잘 아는 이는 '그래서 나에게' 서운한 게 있다며 고민을 더한다. 정말이지 나열하자면 끝도 없이 다가오는 위험들로 인해 나는, 우리는 꽤 오랜 시간을 과각성 상태로 지내왔다.

과각성 상태로 산다는 건 마치 만취 상태로 2배속 영상을 보는 것처럼, 나 자신을 딱히 살피지 않고 거대한 물살에 휩쓸려가는 것과 같다. 그렇다고 근본적 문제인 곰, 그러니까 스트레스를 만드는 이 환경을 해결할 수 있을까? 세상이 바뀌지 않는 한 어려울 것이다. 특히 한국 사회에서는 더욱 그렇다. 나는 이 문제를 해결하기 위해 산 높고 물 맑은 동네로 이사를 가라거나 짐 싸들고 한국을 떠나라고 말할 만큼 용기 있지 않다. 당신에게도, 나 스스로에게도 말이다.

하지만 그 환경에서 잠시 벗어날 수는 있다. 아무런 위협이 없는 곳으로 훌쩍 여행을 떠나는 것이다. 이를 통해 잠시나마 나만의 고요한 시간을 보내는 건, 내가 할 수 있는 선택이다. 그리고 이런 선택의 주기적인 반복은 마치 그런 위협이 없는 삶을 살아가는 것과 같은 효과를 주기도 한다.

이번 글에서는 혼자 보내는 시간의 가치와 연구 결과들, 그리고 그것을 이루기 위한 방법을 다룬다.

혼자 보내는 시간의 가치

나 혼자만의 시간(이하 '나만의 시간')이 정신 건강에 중요하다는 연구는 발에 치이게 많다. 이에 따르면, 나만의 시간은 몸에 배어있는 사회적 압력에서 벗어나 스스로의 생각과 감정, 경험에 집중할 수 있는 기회를 준다. 그 과정에서 내면 깊숙한 곳의 목소리를 알아채거나 복잡하게 얽

혀있던 생각의 고리를 풀 수 있다. 부끄러웠던 기억을 곱게 안아주기도 한다.

뇌과학 연구에 따르면 심지어 이런 시간이 창의적인 상상으로도 이어진다고 한다. 따져보니 그렇다. 혼자 하는 생각에는 제약이 없다. 무한한 영역을 자유로이 유영하다 보면 전에 본 적 없는 작고 새로운 공간에 이르게 된다. 몰아치는 삶의 위험 속에서, 누군가를 신경 쓰느라 딱히 발 뻗어보지 못했던 그곳을, 우리는 창의성이라고 한다.

> 창의성: 새롭고, 독창적이고, 유용한 것을 만들어내는 능력 또는 전통적인 사고방식을 벗어나서 새로운 관계를 창출하거나, 비일상적인 아이디어를 산출하는 능력.
> 창의성의 개념은 매우 다양하다. 초기에 창의성은 주로 유창성, 융통성, 독창성, 정교성을 포함하는 확산적 사고의 관점에서만 연구되었으나, 그 후에는 수렴적 사고와 확산적 사고를 포함하는 다양한 지적 능력, 인성, 지식, 환경의 총체적인 관점에서 연구되고 있다.

2020년 〈네이처 커뮤니케이션즈Nature Communications〉 저널에 게재된 연구에 따르면, 스스로 '혼자라고 인식하는 것'만으로도 상상력과 관련된 신경 회로의 활동이 증가했다. 사회적 자극이 부족하여 생긴 뇌 공백을 메우기 위해 상상력의 모터가 돌기 시작하는 것이다.

이처럼 나만의 시간이 정신 건강에 중요하다는 여러 연구 결과에도 불구하고, 누군가에겐 그런 시간 자체가 곤욕이기도 하다. 한 연구에서는 '사람들이 가만히 앉아서 스스로에 대한 생각을 하는 것보다 전기 충격의 고통을 더 선호한다'는 (혼자를 즐기는 나로서는 정말이지 놀라운) 결과를 발견하기도 했다. 왜 그런 것일까? 전문가들은 아래의 세 가지 이유를 꼽았다.

1. 혼자 있는 경험 자체의 부족

   다른 사람과 함께 지내는 것에 익숙해져서 혼자 있는 시간 자체가 낯선 경우다. 갑작스레 사라진 사회적 자극이 소외감이나 고립감을 느끼게 한다.

2. 안 좋은 생각과 감정에 매몰

   혼자만의 시간을 통해 부정적이었던 경험을 반추하거나 주로 걱정스러운 생각에 몰두하는 경우다. 이 경우 자신에게 집중하는 게 고통으로 느껴질 수 있다.

3. 사회적인 시선에 대한 불안

   대인관계가 좁은 사람에 대한 사회적 낙인은, 혼자인 시간을 받아들이는 태도에도 영향을 준다. 관련 연구에 따르면 자신이 즐기는 취미조차 혼자 하는 상황을 되도록 피하는 경향이 있다고 한다. 저녁 식사나 영화 관람 등 누군가의 눈에 띄는 활동일 경우 더욱 그랬다. '혼자라는 인식'이 '이것은 나에게 즐거운 활동이다'라는 생각에도 부정적 영향을 주는 셈이다.

나만의 시간이 필요하다는 신호

나만의 시간이 필요하다고 느끼는 건 배고픔이나 피곤함처럼 일종의 자연스러운 신호일 수 있다. 하지만 우리는 그 신호를 알아채지 못하거나 무시해 버리곤 한다. 우리가 배고픔과 피곤함을 체감할 수 있는 이유는 먹거나 자지 않으면 살 수 없기 때문이다. 마찬가지의 접근이 필요하다. 나만의 시간이 필요하다는 걸 알 수 있는 징후는 다음과 같다.

- 성질이 급해졌다.
- 사소한 일에도 쉽게 짜증이 나곤 한다.
- 언제부터인가 다른 사람들과 함께하는 것들이 흥미롭지 않다.

- 주변의 상황이 지나치게 자극적으로 느껴진다.
- 무언가에 집중하는 게 쉽지 않다.
- 타인과의 시간이 편치 않고 불안할 때가 많다.

나만의 시간을 오롯이 보내려면

나만의 시간을 보내는 이유는, 그 외 모든 시간을 잘 보내기 위해서다. 따라서 자신에게 맞는 효과적인 방법이 필요하다. 모든 장면을 멈추고 홀로 여행을 떠나는 게 가장 좋은 선택이겠지만, 그럴 수 없는 상황이라면 주기적으로 짧은 시간을 보내는 것만으로도 상당한 효과가 있다고 한다. 관련 연구에 따르면 평소에 약 10퍼센트의 시간을 혼자 보내는 것만으로도 일상에 대한 부정적 태도나 감정이 감소했다.

무엇보다 중요한 점은 그 선택이 자발적이어야 한다는 것이다. 우연한 계기로 혼자가 되어 이런 시간의 가치를 깨닫게 되는 경우도 있겠지만, 장기적인 관점에서는 '스스로 선택한 시간'일 때 그 효과가 발생한다. (모든 선택이 그렇듯) 내가 선택했을 때 비로소 그 시간을 내 의도와 맞게 사용하게 되고, 원하면 언제든 사회로 돌아갈 수 있다고 느끼는 것도 중요하기 때문이다.

다음은 나만의 시간을 효과적으로 보내기 위한 팁들이다.

1. 시간을 지정하기

   언제 그 시간을 보내고 싶은지 생각해 보자. 명확한 일정을 정하고 그 시간 동안에는 주변인이 나를 방해해서는 안 된다는 것을 미리 알린다.

2. 하고 싶은 걸 계획하기

   혼자 보내는 시간이 모든 사람에게 편한 것은 아니다. 가령 외향적인 성향을 가진 사람의 경우 이런 시간이 고통일 수도 있다. 따라서 그 시간에 하고 싶은 것을 미리 계획하는 게 도움이 된다. 책을 읽거나 원하는 주제를 공부할 수도 있다. 일기를 쓰거나 그냥 숨만 쉬고 싶을 수도 있다. 그것이 무엇이든 미리 계획해 보자.

3. 밖에서 걷기

   야외에서 보내는 시간이 안녕감에 긍정적이라는 연구가 많다. 몰아치는 사회 생활로 인해 답답하고 막막하다고 느낀다면 고즈넉한 경치의 변화를 즐기면서 홀로 야외 산책을 해보자. 걷고 싶지 않다면 경치가 보이는 한적한 장소에 앉아 시간을 보내는 선택도 가능하다.

4. 소셜 미디어 OFF!

혼자 시간을 보내는 이유는 '사회적인' 상황에서 벗어나 나 자신의 생각과 감정에 집중하기 위해서다. 소셜 미디어는 사회적인 맥락을 상기시키고, 특히 비교를 유발하는 역할을 한다. (사회적 비교의 무서움은 '이웃 효과' 글을 통해 알 수 있다.) 나만의 시간 동안 소셜 미디어를 멀리하는 건, (위치상 네 번째에 적었지만) 개인적으로 가장 중요하다고 생각하는 부분이다. 사회적인 장과 연결된 상태로는 사실상 그 시간의 가치를 얻기 어렵기 때문이다. 필수적인 연락 외에는 휴대폰 자체를 봉인해두는 것을 권장한다.

나만의 여행 실현하기

그런데 나만의 시간이라는 게, 막상 만들기가 쉽지 않다. 사회 구성원으로서 주변과 연결되어 있기 때문이다. 나의 주변 사람들은 나만의 시간이 필요한 시점에 다른 요구를 할 수 있다. 내게 이런 시간이 필요하다는 것 자체를 이해하지 못할지도 모른다. 특히 기혼자나 아이가 있는 경우, 가족에 대한, 양육에 대한 책임은 나만을 위한 시간 할애를 더 어렵게 만든다. 그럼에도 방법은 있다. 아래의 절차를 참고하자.

1. '말'을 한다

   가족이든, 배우자이든, 직장 상사든, 상대방에게 우선 나 혼자만의 시간이 필요하다는 걸 입 밖으로 꺼내서 분명하게 말해야 한다. 이 단계가 없이는 다음으로 진행되기 어렵다.

2. 구체적으로 설명한다

   필요하다면 이 선택이 의미하는 바를 구체적으로 공유한다. 예를 들어 책을 읽거나, 산책을 하거나, 멍을 때리기 위해 일정 시간이 필요하다고 말할 수 있다. 하루 이상의 시간이 필요하다면 그 시간으로 내가 얻게 되는 것들에 대해 설명하고 설득할 필요가 있다.

3. 호의에 보답한다

   만약 주변인이 상황을 배려해 준다면, 나 역시 그에게 같은 배려를 보여주는 것이 중요하다. 예컨대 시간을 사용한 만큼 더 많은 역할을 맡는다거나, 상대방에게도 동일한 휴식 시간을 제공할 수 있다.

4. 융통성을 발휘한다

   위의 과정을 통해 주변에서 나에 대해 이해하고 수용하

는 계기가 생긴다. 그렇게 점차 주기적인 나만의 시간을 확대할 수 있다. 하지만 절대적으로 불가능한 경우도 있다. 그렇다고 포기하지 말고, 유연하게 나름의 기회를 찾아보자. 예컨대 단체 생활이나 육아 등, 365일 24시간 공동 책임을 지고 있다면 좀 더 일찍 일어나서 고요한 시간을 즐길 수 있다. 잠을 한숨 더 자는 게 나을 수도 있겠지만, 이 방법은 그 시간의 이점뿐만 아니라 하루를 의미 있게 보낸다는 관점에서도 매우 효과적이다.

한 번에 충분한 나만의 시간을 확보하기는 어려울지도 모른다. 하지만 지속적인 시도를 통해 점차 그 시간을 내 일상의 한 부분으로 채워나갈 수 있다.

나만의 시간은 그저 쉬는 게 아닌 일종의 여행이다. 내면으로 자유 여행을 떠나는 셈이다. 값진 모험을 하기 위해서는 그만큼의 노력이 필요하다. 그렇게 진짜 여행까지 갈 수 있게 된다면 더할 나위 없다.

외로움이 두렵다면

외로움은 우울증, 불안, 비만, 고혈압과 연관성이 있으며,

심지어 인지 기능 저하와 알츠하이머의 가능성을 높일 수도 있다고 한다. 잘못 외로웠다간 정말이지 큰일이 날 것만 같은데, 사실 해당 질병들과 외로움 간 직접적인 인과성은 적다. 그럼에도 지속되는 외로움이 걱정된다면 '혼자'라는 사실을 조금 다른 시각으로 바라볼 필요가 있다. 심리학에서는 '외로움'과 '고독'의 개념을 구분하고 있다.

외로움Loneliness은 사회적으로 고립됐다는 생각에서 비롯되는 부정적 감정이다. '타인으로부터 얼마나 떨어져 있다고 생각하는가'에 따라 결정된다. 그런데 이 거리는 반드시 물리적인 거리를 의미하지 않는다. 따라서 많은 관계 속에서도 내 감정이나 생각을 충분히 공유하지 못한다고 생각된다면 외로움을 느낄 수 있다.

반면 고독Solitude은 혼자 있을 때 느끼는 긍정적인 감정이다. (참고: 사전상 의미가 그렇게 해석될 뿐, 고독이라는 단어가 문화적으로 가지는 쓸쓸함 등의 정서는 이 용어에 포함되지 않는다. 그저 혼자 있는 상태를 의미하며, 굳이 의역하자면 '편안한 고독' 정도로 보는 게 적합하겠다.) 고독은 오로지 자신에게만 집중할 수 있는 상태다. 고독을 통해 자신을 깊게 들여다본 경험이 적다면 그만큼 타인을 이해하고 공감하는 일도 어렵다고 한다. 아이러니하게도 외로움을 줄이는 길이 고독에 있을지도 모른다.

한 연구에서 외로움과 관련된 흥미로운 실험을 진행했다. 참여자들을 세 그룹으로 나누어 각각 다른 글을 읽게 한 뒤, 10분간 혼자만의 시간을 갖게 했다. 첫 번째 그룹은 '외로움이 얼마나 힘든지'에 대한 글을, 두 번째 그룹은 '고독이 주는 좋은 점'에 대한 글을, 마지막 그룹은 이와 무관한 다른 주제의 글을 읽었다.

그 결과, 놀랍게도 세 그룹 모두에서 감정이 더 안정적인 상태로 변화했다. 이는 혼자 보내는 시간이 가진 중요한 특징을 보여준다. 단순히 기분을 좋게 만드는 것이 아니라, 감정의 균형을 찾고 안정된 상태로 돌아가는 것을 돕는 것이다.

특히 주목할 점은 '고독이 주는 좋은 점'에 대해 읽은 그룹이다. 이들은 다른 그룹들에 비해 더 긍정적이고 안정된 감정 상태를 유지하고 있었다. 즉, 혼자만의 시간을 어떻게 바라보는가에 따라 그 효과는 달라질 수 있다. 설령 예상치 못하게 혼자인 상황에 놓이게 되었더라도, 이를 좋은 고독의 시간으로 받아들이고자 한다면 그 결과는 달라질 것이다.

혼자만의 시간을 갖는 게 정신 건강과 안녕을 위해 중요하다는 것은 분명하다. 그리고 이는 위험이 넘쳐 흐르는 일상으로부터 나를 안전가옥으로 피신시킬 수 있는 유일한 방법이기도 하다. 그곳에서의 시간을 잘 즐길수록, 사회 속에서의 시간도 효과적으로 보낼 수 있다. 나로서 더 잘 발휘될 수 있다. 그럼에도 우리는, 그 시간을 잊고 산다.

한번 생각해 보자. 내가 스스로의 내면을 원 없이 응시하고 대화했던 게 언제인지.

딱히 떠오르지 않는다면 이 책을 덮자. 짐을 쌀 시간이다.

당신의 밤이 평온하기를

잘 자고 싶다.

그래야 할 이유는 많다. 수면 부족은 노화를 촉진시킨
다. 당뇨, 비만, 고혈압 등의 질병 가능성도 높인다. 심지
어 잠이 부족하면 동일한 자극을 더 고통스럽게 느낀다.
단 하룻밤의 수면 부족으로 통증 역치가 15퍼센트나 떨
어졌다는 연구 결과가 있다. 다시 말해, (정상적인 수면을
취했을 때보다) 더 낮은 자극에 통증을 느끼는 것이다.

수면 부족은 우리가 느끼는 감정에도 큰 영향을 미친
다. 한 연구에서 A그룹은 7시간을, B그룹은 3시간을 잤
다. 다음 날 그들은 동일한 소음 스트레스가 있는 환경에

서 작업을 했는데, 수면이 부족한 B그룹 사람들이 A그룹에 비해 훨씬 더 많은 분노와 좌절을 표현했다. 수면은 감정 조절에 필요한 전전두엽의 활동을 회복시키는데, 부족한 수면으로 이곳이 덜 회복되었기 때문이다. 감정 조절의 자원이 부족하니 타인의 상황을 고려하거나 공감하는 게 쉽지 않다.

사실 이런 연구 결과까지 갈 필요도 없다. 우리는 이미 몸으로 느끼고 있다. 잠을 제대로 못 자면 아침부터 몸의 무게가 다르다는 걸. 눈이 시큰거리기도 하고, 두통이 찾아올 때도 있다. 하루를 보내기 위한 좋은 컨디션까지 올라오는데 더 긴 시간이 걸린다.

그런데 잠이라는 게 뜻대로 되질 않는다.

일어나야 할 순간은 멈추지 않고 다가오는데, 눈을 감아도 뜬 것처럼 느껴진다. 따져보니 뜨고 있는 게 더 편한 것 같다. 눈꺼풀의 역할이 이리도 하찮다. 눈알을 덮는 얇은 피부, 그 이상도 이하도 아닌 것만 같다. 그렇게 어둠 속에서 씨름을 하다 보니 또 시간이 훌쩍 지나버렸다. 잊을만하면 나오는 하품은 곧 잠에 들 것 같은 기대를 갖게 한다. 하지만 기대는 그것으로 끝나버리고, 잠들어야 하는 상황 자체가 고통으로 느껴지기 시작한다.

당신의 밤이 평온하길 바란다.

그러기 위해서는 잠을 잘 이해해야 한다. 근심 많은 나를 온몸으로 안아줄 때가 있는가 하면, 때때로 미꾸라지처럼 도망가 버리는 이 녀석을 아군으로 만들 필요가 있다. 최근에 주로 언급되는 수면 과학 여섯 가지를 소개한다.

1) 휴대폰, 딱 놔

일반적으로 사람이 잠드는 데까지 걸리는 시간은 10~20분이라고 한다. 만약 베개에 머리를 대고 나서 잠들기까지 그 이상의 시간을 사용하고 있다면 잠들기 전 습관에 대해 먼저 따져볼 필요가 있다. 침실의 온도가 적당히 선선해야 하고, 완벽하게 어두울수록 좋다. 침대 위에서는 잠자는 것 외의 활동이 없어야 한다. 그리고 오후부터는 카페인을 피하는 게 좋다. (음, 이건 좀 어려울 것 같은데…….)

가장 중요하게 기억할 내용은 휴대폰, 태블릿 등 전자기기의 사용 여부다.

효과적인 수면을 위해서는 잠에 들기 최소 한 시간 전부터 전자기기를 피해야 한다. 전자기기 스크린의 '멜라토닌 억제성' 블루라이트가 잠드는 시간을 10분 이상 지연시키기 때문이다. 마찬가지로, 이런 기기들을 켜두고 자는 것도 좋지 않다. 해당 빛들이 눈꺼풀을 통과할 수 있어서다. (역시 하찮다, 눈꺼풀.) 잠에 들었어도 뇌는 여전히 빛에 노출된 것처럼 인식하는 셈이다. 마치 좀비처럼, 의식은 없지만 뇌파와 심장 박동은 빠른 상태가 유지된다. 당연히 깊은 잠에 들기도 어렵다.

이에 대해 펜실베이니아 의과대학의 수면 전문가 마이클 펄리스Michael Perlis 교수는 다음과 같이 말했다.

"자려고 애쓰기보다는 차라리 잠이 오지 않는 상태를 인정하세요. 침대에서 일어나세요. 그렇게 뜬 눈으로 침대에 누워있다 보면, 뇌에서 점차 그 침대를 '잠 깨우는 공간'으로 인식하는 문제가 추가됩니다. 다른 방이나 공간으로 이동하여 원하는 일을 하도록 하세요. 무엇을 해도 괜찮지만, 중요한 건 전자기기를 사용해서는 안 된다는 것입니다."

2) 생체 리듬 재부팅

우리는 모두 잠이 필요하지만, 모두 같은 방법으로 휴식을 취하는 건 아니다. 예컨대 나를 포함한 야행성 인간들은 심야의 어둠 속에서 오히려 눈이 번쩍거리며 더 총명해진다. 낮에는 빛에 취약한 흡혈귀처럼 기어다니다가, 해가 뉘엿뉘엿 지기 시작하면 고개를 내미는 것이다. 반면에 아침형 인간은 그 반대다. 해가 지면서 자연스레 수면을 위한 상태가 되며, 해가 떠오를 때쯤 자동으로 깨어난다.

이처럼 개개인은 수면뿐만 아니라 운동 능력, 호르몬 분비 등 생물학적 활동의 타이밍을 결정하는 각각의 생체 리듬Circadian Rhythm을 갖고 있는데, 문제는 흡혈귀도 예외 없이 아침에 출근을 해야 한다는 것이다. 그래서 인간들의 활동 시간인 일과 중에는 늘 피곤할 수밖에 없다. 나도 아침형 인간이 될 수 있을까.

익숙해진 생체 리듬을 극복하는 방법은 그 자체를 리셋하는 것이라고 한다. 생체 리듬은 빛과 어둠 그리고 멜라토닌(수면 호르몬)의 분비, 이렇게 세 가지에 따라 결정된다. 그래서 이것을 리셋하기 위해서는 빛과 어둠을 잘 활용해야 한다. 멜라토닌은 그 두 가지에 따라 반응할 뿐이기 때문이다.

방법은 간단하다. 더 빨리 일어나서 아침 햇살을 쬐는 것이다. 일어나는 것이 포인트가 아니다. 더 일찍부터 자연의 빛을 쬐는 게 중요하다. '어둠'은 몸에서 멜라토닌을 분비하도록 신호를 보내고 체온을 낮추는 등 수면을 일으키기 위한 생리적 절차를 일으킨다. 즉, 잠이 잘 오도록 준비를 하는 것이다. 그런데 놀랍게도 이 타이밍은 '빛'에 의해 결정된다. 더 이른 아침부터 더 많은 햇살을 쬘수록, 더 이른 저녁에 더 많은 멜라토닌을 분비하는 것이다.

이 방법의 효과는 꽤 즉각적이라고 한다. 2017년 수면에 대한 연구 결과, 형광등, (아침에도 빛이 차단되는) 암막 커튼, 전자기기 화면에서 벗어나 주말에 캠핑을 보낸 사람들은 평소보다 1.4시간 일찍 멜라토닌을 분비했다. 심지어 일주일 동안 캠핑을 한 사람들은 멜라토닌 분비 시간이 2.6시간이나 당겨졌다. 이유는 간단하다. 그들이 평소보다 13배나 많은 햇살에 노출되었기 때문이다.

이런 계기로 바뀐 생체 리듬을 이어가려면 하나의 규칙이 필요한데, 그것을 반복적인 패턴으로 유지해야 한다는 것이다. 주말마다 캠핑을 하라고? 설마. 자연의 빛이 내 일상에 더 일찍 더 오래 머물 수 있도록 환경을 갖추면 된다. 예컨대 아침 햇살이 집으로 들어올 수 있도록 자기 전에 커튼을 열어둔다. 빛이 잘 들지 않는 집일 경우 아침에 햇살 아래 산책을 한다. 최대한 오래 한다. 일과 중에도 가능한 햇살을 쬐어보자. 어쩌면, 그게 언제였는지 기억도 안 날 만큼 진한 숙면을 경험하게 될지도.

3) 주말 보충 수업 말고, 보충 수면

사소한 차이는 있지만 최적의 신체적, 정신적 상태를
위해선 성인 기준 7~9시간의 수면이 필요하다.

1만 명의 성인을 대상으로 진행한 기억력 연구에 따르
면, 평균 수면 시간이 7~9시간인 사람들은 연령이나 성
별에 관계없이 뇌 기능이 훌륭했다. 하지만 그보다 적게
잠을 자는 사람, 심지어 더 오래 잠을 자는 사람들도 크고
작은 문제를 갖고 있었다. 이런 차이는 추론 능력, 문제
해결력 그리고 언어 능력에서 가장 크게 나타났는데, 4시
간 이하의 평균 수면 시간을 가진 사람들은 인지 능력이
8살 수준으로 감소돼 있었다. 연구자인 코너 와일드 박사
는 말한다.

"당신이 하루 평균 4시간을 자면서도 최고의 성과를
내고 있다면, 그건 사실 최고의 결과가 아닙니다."

매일 적절한 수면 시간을 확보하는 게 가장 중요하지
만, 삶이라는 게 그렇게 호락호락하지가 않더라. 만약 상
황적인 이유로 주중에 잠을 적게 자야 했다면, 주말에 부
족한 잠을 보충하는 게 도움이 된다고 한다. 예컨대 (하루

7시간을 기준 수면 시간으로 보았을 때) 주중에 부족한 수면을 쉬는 날이나 주말에 보충하여 일주일에 필요한 49시간을 채우는 것이다. 연구 결과, 주중 수면 부족을 주말에 보충하는 사람들은 규칙적으로 적절한 수면을 취한 사람들만큼 오래 살았다고 한다.

4) 나이가 많으면 덜 자도 된다고? 그럴 리가

2살 아이는 하루 14시간, 9살 어린이는 12시간을 자야한다. 반면 성인은 7~8시간 숙면으로도 정상적인 기능을 할 수 있다. 이는 나이를 먹을수록 수면 효율이 높아져서 더 적게 자도 된다는 의미가 아니다. "늙어서 그런가 밤잠이 줄었어."라는 말 때문인지, 나이가 들수록 수면이 중요하지 않은 것처럼 느껴질 수 있다. 하지만 오히려 그 반대다. 40대를 시작으로, 부족한 수면 때문에 회복력을 잃기 시작한다.

노인이 되며 잠이 줄어드는(것처럼 느껴지는) 이유는 다른 데 있다. 고정된 일과를 보내는 경우가 적기 때문이다. 시간이 많으므로 9 to 6에 맞춰 행동할 필요가 없다. 그렇게 수면 구조가 바뀐다. 잠이 줄어서 새벽 5시에 깨는 게 아니라, 저녁 식사를 일찍 하거나 낮잠의 기회가 더 늘어서 그렇다. 외부 활동이 줄어드니 이른 아침의 햇살을 자주 쬐지 않게 되어서다.

만약 자신의 나이가 많다는 생각에 이런 글을 식상한 눈빛으로 읽고 있었다면, 그 눈을 고쳐 뜰 타이밍이다. 여전히, 하루 최소 7시간의 수면이 필요하다.

5) 다 같은 불면증이 아니야

불면증을 겪고 있다는 생각은 그 자체로 굉장한 스트레스다. 특히나 일생을 아무런 문제없이 잘 잤는데, 어느 날 갑자기 잠이 사라져 버린다면 잠이 언제 다시 돌아올지 불안해진다.

그러나 일주일에 2회 이상 잠에 들기 어렵더라도 이런 현상이 3개월을 넘기지 않는다면 '급성 불면증Acute insomnia'에 속한다. 이는 정상 범주에 들어가며, 4년 동안 전 세계 모든 성인은 1회 이상의 급성 불면증을 겪는다. 나에게만 벌어지는 일이 아니라는 것.

전문가들은 급성 불면증을 이해하기 위해 초기 인류의 생존 그리고 '투쟁-도피 반응Fight-or-flight response'을 대입해 봤다. 만약 한밤중에 곰이나 늑대와 같은 짐승들이 공격할지도 모른다면, 나의 생존 여부는 '깨어있는, 각성 상태를 유지하는, 위험을 알아채는' 능력에 달려있을 것이다. 현대인이 그런 위험 속에 사는 것은 아니지만, 인간의 몸은 높은 스트레스에 대해 (마치 짐승들로부터의 위험이 있는 것처럼) 동일한 방식으로 반응한다. 왜 우리는 이렇게 진화한 것일까.

2016년 쥐를 대상으로 한 연구 결과, 스트레스를 일으키는 사건 직후에 렘 수면REM sleep: rapid-eye movement sleep을 하지 못하도록 막자 쥐들의 '외상 후 스트레스PTSD' 증상이 오히려 감소했다는 것을 발견했다. 렘 수면은 깊은 숙면 단계인데, 이때 뇌는 최근 기억을 주요 기억 장치에 통합하는 작업을 진행한다.

즉, 연구 결과는 '스트레스를 일으킨 사건이 주요 기억으로 통합되는 것을 막기 위해' 우리의 몸이 수면을 거부할 수 있음을 나타낸다. 스트레스가 심한 상태에서 나타나는 급성 불면증은 몸의 생존 반응일 수 있다는 의미다. (이럴 때는 다른 노력보다 스트레스 요소를 줄이는 게 도움이 될 것이다.)

반면에 '나에게 불면증이 있다'는 걱정이 가져오는 스트레스는 악순환을 만든다.

적게 잘수록 걱정은 더 증가하고, 이런 걱정이 많아질

수록 건강한 수면으로 돌아오긴 더 어려워지는 것이다. 불면증은 일반적으로 질병, 스트레스, 상실, 여행 등, 신체적, 환경적 요인에 의해 유발된다. 수면 장애의 문제를 정확하게 이해하지 못하면, 피로가 높은 낮에는 카페인에, 잠이 오지 않는 밤에는 수면제에 의존하면서 오히려 수면을 저해하는 행동들로 이어질 수 있다.

불면증에 대한 가장 건강한 반응은 수면이 고정되어 있지 않다는 걸 알아채는 것이다. 수면 그 자체는 수많은 사건과 자극에 대한 반응이다. 이따금 어렵고 불편한 밤이 오겠지만, 이는 정상이며, 따라서 급성 불면증을 해결하는 가장 좋은 방법은 수면을 위해 아무것도 안 하는 것이라고 한다. 늦잠을 자지 않고, 낮잠도 피하고, 더 일찍 자려고 눕지도 않는다. 부족한 수면을 보상받으려 하면 잠들어도 되는 시간과 잠들 수 있는 능력 사이에 편차가 생기면서 오히려 만성적인 불면증으로 이어질 가능성이 증가한다.

스마트 워치 등을 통해 수면 시간을 측정하는 것도 큰 도움이 된다. 스스로를 불면증이라고 생각하는 사람들의 특징은 자신이 거의 잠을 자지 못한다고 생각하는 것인데, 기기를 통해 측정된 수면 시간을 보면 의외로 안심을 할 수 있다. 생각보다 자신이 많은 시간을 자고 있다는 걸 깨닫기 때문이다. 잠들기 위한 압박이나 불안감이 줄어 더 많은 수면의 가능성이 열린다.

6) 가성비 최고의 꿀템, 낮잠

낮잠의 중요성은 오래도록 강조되어 왔다. 미국의 기업들은 점심 후 낮잠의 중요성을 강조하는 추세다. 구글과 같은 회사들은 업무 중 낮잠을 위한 공간을 제공하기도 한다. 관리자들이 관련 연구를 통해 낮잠의 이점을 학습했기 때문이다. 낮잠을 잔 직원들은 낮잠을 자지 않은 직원들보다 더 생산적이었고 실수도 적었다. 혁신적인 아이디어를 더 많이 떠올렸으며 시간 단위 업무량도 높았다.

이상적인 낮잠 시간은 15~20분가량이며, 점심 식사가 끝난 후부터 오후 3시 사이에 자는 것이 이상적이다. 이 20분의 시간으로 부족한 잠에 의해 약해진 주의력과 반응 시간을 모두 회복할 수 있다고 한다. 심지어 이후 시간의 졸음도 현격하게 줄어들고 인지 능력도 향상됐는데, 이러한 효과는 일반적으로 약 3시간 지속된다.

적절한 낮잠은 스트레스 해소와 면역 효과도 갖고 있

다. 만성적인 수면 부족을 겪고 있을 경우 신체의 염증이 증가하는데, 낮잠이 이런 염증의 주요 지표인 '인터류킨 6Interleukin-6'를 감소시킨다는 것을 발견했다. 이는 낮잠을 자면 면역 및 신경 내분비계의 회복이 빨라진다는 걸 나타낸다.

당신의 밤이 오늘 더 평온하길

모든 내용이 나의 상태나 패턴과 맞지 않을 수 있으나, 한두 가지라도 잘 기억해 둔다면 도움이 될 수 있다고 생각한다.

이 글을 위해 많은 자료를 뒤졌다. 이미 알고 있는 게아닌, 새롭고 의미 있는 방법들을 담기 위함이다. 그만큼나의, 그리고 당신의 밤이 평온하길 바란다.

밀당 없는 순수한 밤,

알람을 1분 앞서는 개운한 아침이

우리의 일상에 함께하기를, 소망한다.

별 볼일 없는 세상

#1

출근길엔 편의점에서 커피를 산다. 좀 더 걸으면 카페가 있으나 요깃거리도 살 겸 늘 편의점의 문을 연다.

　문을 열고 들어서면 가장 먼저 입구 쪽 와인 진열장 앞에 18인치 캐리어를 주차시킨다. 사람들의 동선을 크게 방해하지 않는 곳이고, 아침부터 와인을 찾는 이들도 적을 테니 최적의 위치다. 그런 다음 단백질바를 고르기 위해 스낵 코너로 간다. 종류가 많다. 먹어보면 대체로 비슷한 맛인데 늘 뭐를 집을지 고민하느라 시간을 쓴다.

단백질바를 계산대에 놓고 커피를 주문한다. 그러면 점원은 커피머신의 버튼을 누른 후 결제를 진행한다. 결제가 끝나면 나는 다른 사람의 계산에 방해가 되지 않도록 옆으로 비켜선다. 커피를 내리는 데에는 적지 않은 시간이 걸려서다. 완성되면 컵을 건네받고 인사를 한다. 남는 손으로 캐리어를 끌고 편의점을 나온다. 반복되는 일상이다. 영화 〈트루먼쇼〉에 나오는 트루먼의 일상처럼.

어느 날, 단백질바를 고르고 있는데 커피를 내리는 소리가 들렸다. 마침 편의점에는 손님이 별로 없었고, 카페처럼 방문하는 대부분의 사람이 커피 주문을 하지 않기에 그 소리가 귀에 쏙 들어왔다. 궁금했다. 저 커피는 내 것일까. 나는 아직 주문을 하지 않았는데.

"아메리카노 하나 주세요."

"네, 여기요!"

계산대에 단백질바를 놓으며 커피를 주문하기 무섭게 점원이 그것을 건네주었다. 커피 머신이 내던 소리의 주인은 나였던 것. 이로써 나는 결제 후 옆으로 비켜나서 기다릴 필요가 없어졌다. 감사한 일이었다.

"저 캐리어를 보면 커피가 떠오르시나 봐요."

농담을 뱉었다. 사실 출근길의 나는 매우 비사회적이

고 심지어 그 독립적인 시간을 침해당하는 것을 싫어한다. 그래서 아는 사람을 우연히 발견해도 말을 걸지 않는 경우가 많다.

"기억해 주셔서 감사합니다."

하지만 점원의 센스와 배려는 유별나고 모나게 붙어있던 내 입을 열게 했다.

"어휴, 제가 더 감사하죠."

그는 당연한 일이라는 듯 웃어 보였다. 나는 커피를 받아 들며 깊이 인사했다. 따뜻한 경험이었다.

"잘 마시겠습니다."

그 뒤로 내 일상엔 편의점에 들어가면서 들리는 커피 머신 소리가 추가되었다. 그것은 하루 중 일어나는 여러 사건들에 비하면 작은 일이다.

하지만 분명하게 빛난다. 그 작은 빛 가까이 손을 대보면 은은한 온기가 손바닥에 닿을 것이다.

#2

글 자체는 자유롭게 쓰는 편이다. 샤워를 하거나, 잠을 설치거나, 지하철 인파에 끼어 공중부양을 할 때 떠오른 생각들을 메모해 두었다가 풀어내는 것이다. 매운 음식을 먹은 후 코를 풀 때처럼 시원하게 풀릴 때도 있지만, 지독한 독감처럼 어딘가에 꽉 뭉쳐서 나오지 않는 경우도 많다. 어쨌든, 쓴다.

그런데 '책'을 쓰는 건 조금 다른 문제다. 책은 전체적인 내용을 관통하는 한 가지가 있어야 한다. 그것은 주제일 수 있고, 이야기의 흐름일 수도 있다. 글의 스타일도 될 수 있다. 그래서 나는 책을 쓸 때 '어떤 사람이 이 책을 집게 될지'를 상상해 보고는 한다. 그래야 독자가 기대하는 바와 내가 전하려는 내용이 가까워질 거라는 믿음 때문이다.

그렇다면 당신이 이 책을 선택한 이유는 무엇일까. 저마다의 목적이 있겠지만 아마도 공통된 이유는 이게 아닐까 싶다.

행복에 대해 좀 더 알고 싶다는 것. 더 나은 삶을 살고 싶은 마음.

#3

사연 없는 집이 없는 것 같다. 부족함이라고는 없어 보이는 집도 한 발짝만 다가서 보면 극심한 걱정을 곁에 둔 경우가 있고, 상황이 좋지 않아 어떻게 사나 싶은 집은 두 발짝 들어가 보면 비할 바 없이 따스한 일상을 보내고 있을 때가 있다.

따라서 누군가와의 삶을 비교하는 건 큰 의미가 없다. 완전무결한 행복을 찾는 일도 그렇다. 우리 모두에겐 사연이 있다.

그런 의미에서, 만약 누군가 나에게 행복이 무엇이냐고 묻는다면 '좋아하는 사람과의 저녁 식사'라고 답할 것 같다. 답변을 들은 사람이 실망할지도 모르겠다. 행복을 주제로 책을 쓴 사람의 대답으로는 다소 별게 없고 싱겁다고 생각할지도.

하지만 실제로 그렇다. 나에게 그보다 더 대단한 행복은 없다. 하루 일과를 끝내고 가족이나 가까운 지인과 맛있는 저녁을 먹을 때 비로소 충만함을 얻는다. 깨달음을 얻으면 밥 한 끼에서조차 인생의 진리를 얻는다는 선각자스러운 말을 하는 게 아니다. 그저 편안하고, 맛있으며,

기분이 좋다.

나에게 그 시간이 그렇다는 것이다. 이처럼 나의 행복
은 별게 없다. 나에게도 사연이 있고, 내 일상은 별 볼일
이 없다.

당신도 그렇다. 나만큼 당신의 일상도, 별 볼일 없다.

작게 빛나는 순간들이 당신의 것이기를

한데 '별 볼일 없다'라는 표현은 띄어쓰기 하나로 그 의미
가 크게 달라진다.

별 볼일 없다: 특별히 할 일이 없다.
별 볼 일 없다: 대단하지 않고 하찮다

내가 쓴 의미는 첫 번째다. 행복은 목적지가 될 수 없
으므로 더 큰 행복에 도달하기 위해 특별히 애쓰지 않는
다는 것이다.

만약 그 의미를 두 번째인 '별 볼 일 없다'로 오해했다
면, 오히려 그 반대다. 당신의 일상은 그 자체로 고유한
서사이기 때문이다.

우리 모두의 일상은 '별 볼일' 없이 흐르지만 그 안에는 80억 개의 각기 다른 '별 볼 일'이 있는 셈이다. 이것들은 서로 더 낫고 못함을 가를 수 없다. 모든 사람의 일상에 동일한 형태의 행복이 존재하기 어려운 이유다. 그러므로 행복에 연연하지 않고, 하루하루 자신만의 이야기를 꾸려 가는 것이 결국 행복에 이르는 가장 빠른 길이 된다.

"나는 미래가 아닌 매일 반복되는 일상 속에 있다."

이것은 이 책을 선택해 준, 그리고 이곳까지 도달해 준, 고마운 당신께 남기고 싶은 마지막 말이다. 이 뻔한 듯 그렇지 않은 얘기를 담기 위해 부족하나마 책을 썼다.

별 볼일 없는 일상에서 무엇을 느끼고 어떤 의미를 부여할지는 당신에게만 주어진 고유 권한이다. 이에 다른 누군가의 허락은 필요치 않다.

그러니 언제 어디에 있을지 모를 행복이 아닌, 곁에서 생생하게 다가서는 일상을 들여다보는 게 어떨까. 무탈하고 안온했던 오늘을 알아채고 나면 비로소 그 안에서 작게 빛나는 순간들을 발견하게 될 것이다.

고통을 숨기고 다가서는 내일, 덧없이 사라진 어제, 그 사이에서 애쓰는 오늘의 당신을 응원한다. 그리고 소망

한다. 그 안에서 작게 빛나는 그 순간들이 당신의 것이기를. 별처럼 분명하게 빛을 내며 당신에게 보이기를.

그 온기가 당신의 손에 닿기를.

참고문헌

1장 | 행복은 함정카드다

McGuirk, L., Kuppens, P., Kingston, R., & Bastian, B. (2018). "Does a culture of happiness increase rumination over failure?", *Emotion*, 18(5), pp. 755-764. https://doi-org.silk.library.umass.edu/10.1037/emo0000322

Mauss, I. B., Savino, N. S., Anderson, C. L., Weisbuch, M., Tamir, M., & Laudenslager, M. L. (2012). "The pursuit of happiness can be lonely", *Emotion*, 12, pp. 908-912.

Mauss, I. B., Tamir, M., Anderson, C. L., & Savino, N. S. (2011). "Can seeking happiness make people unhappy? Paradoxical effects of valuing happiness", *Emotion*, 11, pp. 807-815.

Lee, S. L., Pearce, E., Ajnakina, O., et al. (2021). "The association between loneliness and depressive symptoms among adults aged 50 years and older: a 12-year population-based cohort study", *The Lancet Psychiatry*, 8, pp. 1-10.

1장 | 오늘도 내 얼굴로 웃을 수 있는 이유

Barocas, R., & Karoly, P. (1972). "Effects of physical appearance on social responsiveness", *Psychological Reports*, 31(2), pp. 495-500.

Dion, K. L., & Dion, K. K. (1987). "Belief in a just world and physical attractiveness stereotyping", *Journal of Personality and Social Psychology*, 52(4), pp. 775-780.

Hamermesh, D. S., & Biddle, J. E. (1994). "Beauty and the labor market", *American Economic Review*, 84(5), pp. 1174-1194.

Johnston, V. S., & Oliver-Rodriguez, J. C. (1997). "Facial beauty and the late positive component of event-related potentials", *The Journal of Sex Research*, 34(2), pp. 199-198.

Kim, S. J., Park, S. J., & Chung, C. S. (2006). "The trend of facial attractiveness: On affective facial model for a Miss Korea's face", *The Korea Contents Association*, 4(2), pp. 340-343.

Kim, H. K., Park, S. J., & Chung, C. S. (2004). "The affective components of facial beauty", *Korean Journal of the Science of Emotion & Sensibility*, 7(1), pp. 23-28. http://www.riss.kr/link?id=A5018362

Kim, H. S. (2009). *The war of 6.25 and cultural changes of Korean society*. Sun In.

Kim, Y. M., Kim, Y. H., & Park, K. S. (2012). "Effects of physical appearance and height on wage", *Korean Association of Applied Economics*, 14(1), pp. 1-22. http://www.riss.kr/link?id=A60135301

Park, O. R., & Song, M. Y. (2005). "Anthropometric studies on the analysis of women's beautiful face", *Journal of the Korean Association of Human Ecology*, 14(5), pp. 813-820.

Rhee, S. C., & Lee, S. H. (2010). "Attractive composites of different races", *Aesthetic Plastic Surgery*, 34, pp. 800-801.

Wheeler, L., & Kim, Y. M. (1997). "What is beautiful is culturally good: The physical attractiveness stereotype has different content in collectivistic cultures", *Personality and Social Psychology Bulletin*, 23, pp. 795-800.

이민주. (2004). 〈조선 후기의 패션 리더―기생〉, 한국 민속학, 39, pp. 245-270.

2장 | 손톱 밑 가시가 마음속 가시로

Clauss, M., Gérard, P., Mosca, A., & Leclerc, M. (2021). "Interplay between exercise and gut microbiome in the context of human health and performance", *Frontiers in Nutrition*, 8, Article 637010. https://doi.org/10.3389/fnut.2021.637010

Helliwell, J. F., Huang, H., Wang, S., & Norton, M. (2023). "The sad state of happiness in the United States and the role of digital media", In *World Happiness Report 2023* (pp. 108-128). Sustainable Development Solutions Network.

Loprinzi, P. D., Branscum, A., Hanks, J., & Smit, E. (2016). "Healthy lifestyle characteristics and their joint association with cardiovascular disease biomarkers in US adults", *Mayo Clinic Proceedings*, 91(4), pp. 432-442. https://doi.org/10.1016/j.mayocp.2016.01.009

2장 | 회복탄력성이 높은 사람의 특징

Chopik, W. J., Bremner, R. H., Johnson, D. J., & Giasson, H. L. (2018). "Age differences in age perceptions and developmental transitions", *Frontiers in Psychology*, 9, Article 67. https://doi.org/10.3389/fpsyg.2018.00067

Goh, J., Hsu, C. W., Hsieh, S., Lin, W. R., & Chang, Y. T. (2023). "Functional transitions of the default mode network predict self-reported resilience", *Research Square*. https://doi.org/10.21203/rs.3.rs-4131775/v1

어쩌면 행복일지도

초판 1쇄 인쇄 2024년 11월 28일
초판 1쇄 발행 2024년 12월 10일

지은이 왕고래
펴낸이 김문식 최민석
총괄 임승규
책임편집 조연수
기획편집 이혜미 김지은 김민혜
　　　　　 명지은 박지원 백승민
마케팅 조아라
디자인 배현정

펴낸곳 (주)해피북스투유
출판등록 2016년 12월 12일 제2016-000343호
주소 서울시 서대문구 신촌로 25-1 보고타워 4층
전화 02)336-1203
팩스 02)336-1209